書下ろし

破《は》暁《ぎょう》の道（上）

風烈廻り与力・青柳剣一郎㉟

小杉健治

祥伝社文庫

目次

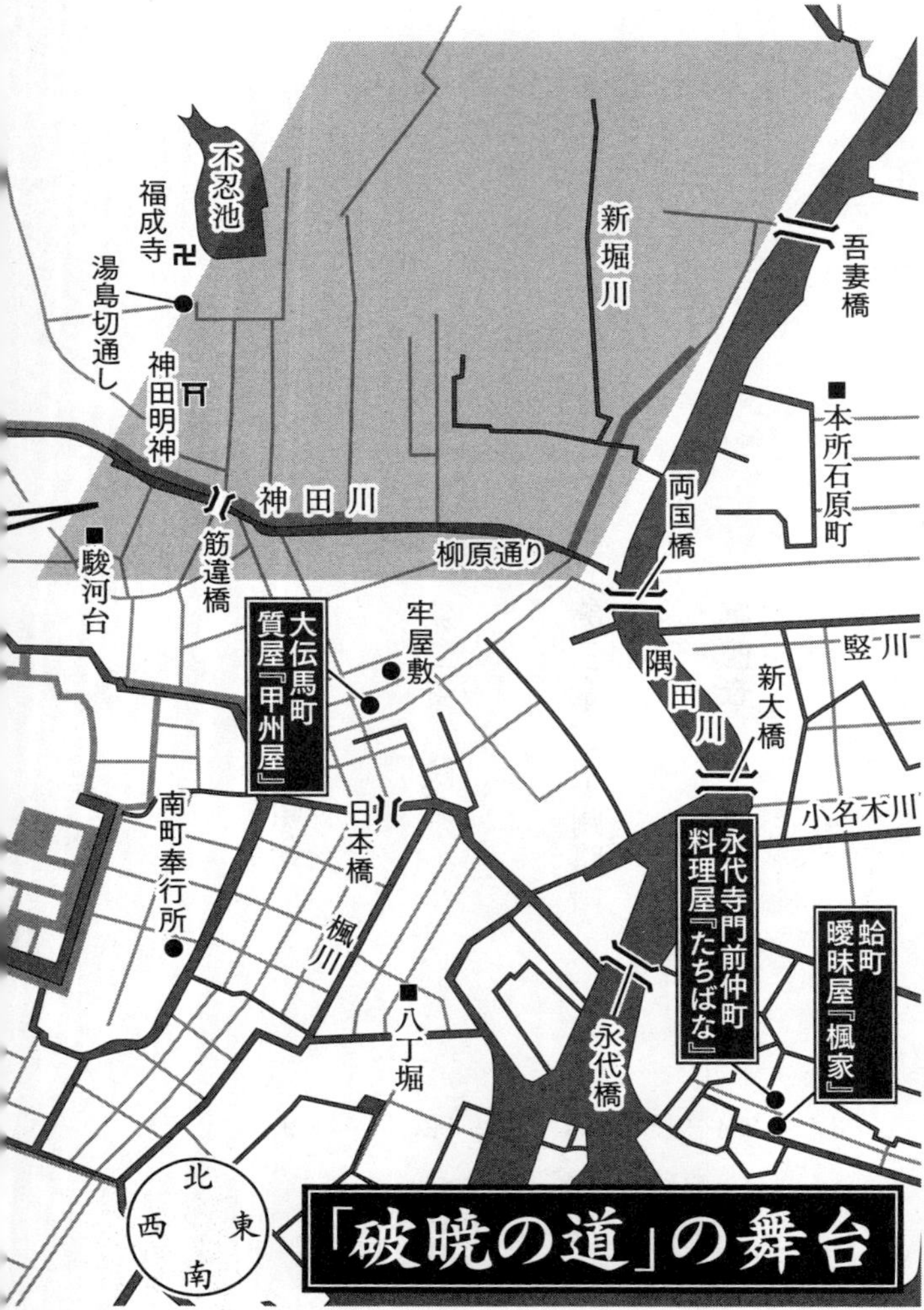
不忍池
福成寺
湯島切通し
神田明神
新堀川
吾妻橋
本所石原町
神田川
筋違橋
駿河台
柳原通り
両国橋
大伝馬町
質屋『甲州屋』
牢屋敷
隅田川
竪川
新大橋
小名木川
日本橋
南町奉行所
楓川
八丁堀
永代橋
永代寺門前仲町
料理屋『たちばな』
蛤町
曖昧屋『楓家』
北
西
東
南
「破暁の道」の舞台

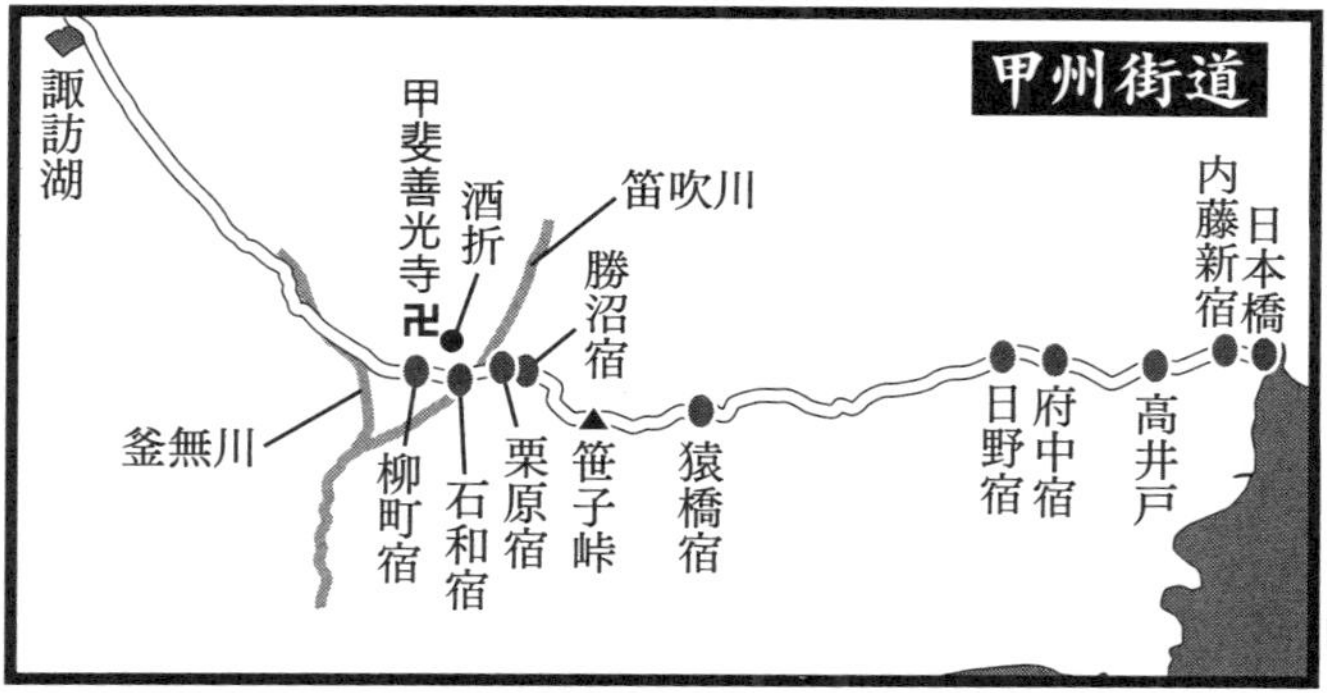
甲州街道
諏訪湖
甲斐善光寺
酒折
笛吹川
勝沼宿
釜無川
柳町宿
石和宿
栗原宿
笹子峠
猿橋宿
日野宿
府中宿
高井戸
内藤新宿
日本橋

上野・浅草界隈
吉原
浅草田原町
足袋問屋『福田屋』
浅草寺
上野山下
稲荷町
不忍池
江戸城
上野元黒門町
妹尾別当の屋敷
下谷七軒町
浅草阿部川町
池之端仲町
質屋『下谷甲州屋』
下谷広小路
三味線堀
神田相生町
道具屋『大貫堂』
元鳥越町
仁村十右衛門道場

第一章　座頭金《ざとうがね》

一

初夏のさわやかな陽気に、与力部屋の面々の表情も明るい。

その日、出仕した青柳剣一郎《あおやぎけんいちろう》が、風烈廻り同心の礒島源太郎《いそじまげんたろう》と大信田新吾《おおしだしんご》から見廻りする道順の報告を受けていると、見習い与力がやって来た。

「青柳さま。宇野《うの》さまがお呼びにございます」

宇野清左衛門《せいざえもん》は南町奉行所の年番方与力である。年番方は奉行所内の最高位の掛かりであり、金銭の管理、人事など奉行所全般を統括する。

「ごくろう。すぐ参る」

剣一郎は源太郎と新吾に向かい、

「では、見廻りを頼んだ」

「はっ」

ふたりは低頭して下がった。

風の強い日は剣一郎も見廻りに出るが、だいたいは同心のふたりが小者や若党を引き連れて町の見廻りに出る。

剣一郎が年番方の部屋に行くと、宇野清左衛門は厳しい顔で待っていた。いつもそのような顔つきなのだが、きょうはいつにも増して険《けわ》しい表情だった。

「何か、ございましたか」

清左衛門の前に腰を下ろすや訊《たず》ねる。

剣一郎は風烈廻りでありながら、難事件の勃発に際しては清左衛門から特命を受けて探索に当たることが多い。

「長谷川《はせがわ》どののがお呼びなのだ」

内与力の長谷川四郎兵衛《しろべえ》である。

「さっそく出向こう」

「承知しました」

剣一郎は清左衛門とともに内与力部屋に向かった。

内与力は、奉行所内の与力ではなく、お奉行の腹心の家来である。お奉行は赴任するときに、自分の家来を十人ほど引き連れ奉行所に乗り込んで来る。お奉行が任を解かれたら、いっしょに引き上げていく連中だが、お奉行の腹心であるのをいいことに、お奉行の威光を笠に威張《いば》っている。手当てだって十分に受け取っている。

剣一郎はこの内与力のあり方について批判的な立場であるために、四郎兵衛から疎《うと》まれているのだ。

内与力部屋の隣の部屋で待っていると、四郎兵衛がやって来た。

剣一郎は低頭して迎える。

四郎兵衛は向かいに座るなり、少し困惑した顔つきで、

「十日ほど前、御徒《おかちしゅう》衆の早川一馬《はやかわかずま》が妻女を離縁したあとで自刃した。一馬のふた親もあとを追った」

と、いきなり衝撃的なことを口にした。

清左衛門や剣一郎に口をはさむひまを与えず、四郎兵衛は続ける。

「まだ三十前だったそうだ。幸か不幸か、子どもはなかった。したがって、家は断絶。理由は座頭金《ざとうがね》だ」

「座頭金……」

清左衛門が呟《つぶや》く。

「札差《ふださし》から借金をしつくし、やむなく妹尾別当《せおべっとう》という座頭から金を借りた。しかし、期日になっても返せない。すると、妹尾別当は仲間を連れて毎日のように屋敷の前で、金を返せとがなりたてたようだ」

「いったい、なぜ座頭金を借りる羽目《はめ》に？」

「妻女に続き、ふた親も体を壊して、薬代などで暮らしが苦しくなって金を借りたらしい。だから、当人には同情出来る。しかし、問題はこのあとだ」

四郎兵衛は渋《しぶ》い顔で続ける。

「妹尾別当は借金の返済を組頭《くみがしら》に求めた。配下の者であっても借金を肩代わりする謂《いわ》れはないと撥《は》ねつけたところ、妹尾別当は今度は組頭の屋敷に連日のように仲間を連れて押しかけ、鉦《かね》や太鼓《たいこ》を叩いて大騒ぎをしているというのだ。組頭は音《ね》を上げ、親戚、知り合いをかけずりまわって金をこしらえて返済した。だが、一馬が自刃したあと、この騒動が老中のお耳に入った」

盲人のために公儀公認で当道《とうどう》という座のようなものがある。当道には盲人の位があり、一番上から検校《けんぎょう》、別当、勾当《こうとう》、座頭という四段階に分かれていて、すべての盲人は検校の支配を受ける。京にいる検校の下で、関八州《かんはっしゅう》の盲人を束《たば》ねるのは惣録《そうろく》と呼ばれる検校で、本所《ほんじょ》に惣録屋敷がある。

幼少期に失明した男児は、箏曲《そうぎょく》、三弦《さんげん》、鍼灸《しんきゅう》、按摩《あんま》などを生業《なりわい》にしていくが、この他に盲人にはある収入がある。

武家・町家とも、冠婚葬祭《かんこんそうさい》などの吉凶があるたびに盲人に運上金を配る仕来《しきた》りになっていた。惣録はひとをやとって町内を見廻り、常に吉凶のある家を探し、集金していた。そして、集まった金は月末に全員に配った。

各盲人はこの金を高利で貸すことが出来たのである。幕府の盲人保護政策であり、奉行所としても盲人の肩を持たねばならなかった。

「ご老中はお奉行に相談した。宇野どの」

四郎兵衛が清左衛門に呼びかけた。

「町方のほうでも、同じようなことがあったそうだが」

「さよう。そういう報告を受けている。浅草《あさくさ》にある足袋《たび》問屋の『福田屋《ふくだや》』の主人が金貸しからの借金が嵩《かさ》み、やむなく座頭金を借りてしまった」

「強引な取り立てに悩まされているのですね」

剣一郎は確かめる。

「返済期日が過ぎて、連日のように店の前に座頭たちが押し寄せ、金を返せとか盗っ人とか言って騒ぎたてたそうだ。商売どころではなく、店を閉め、家の中で嵐が過ぎるのをじっと待っているようだが、聞くに堪《た》えない暴言の数々。商売は出来ずに稼ぎもなく、このままでは心中するしかないと町年寄《まちどしより》に訴えたが、何もしてくれなかったそうだ」

借りた者が音を上げて奉行所に訴えても、公儀の保護政策のために奉行所では何も出来ない。

「もちろん、すべての座頭金に問題があるわけではない。ことに苦情が多いのは妹尾別当という座頭だ」

清左衛門が言う。

「青柳どの」

四郎兵衛が剣一郎に顔を向けた。

「これ以上の横暴は許されぬ。といっても、奉行所としても取り締まることは出来ぬ。だから、青柳どのにはひとりの人間として妹尾別当に掛け合い、その振舞いを自重してもらうように説き伏せていただけぬか。今後も同じような問題が起きると、公儀と座頭の対立にも発展しかねない。今後しばらく、妹尾別当に注意を向けておいてもらいたい」

「お待ちくだされ、長谷川どの」

清左衛門が口をはさむ。

「奉行所としてではなく、青柳どののひとりの考えで動けと仰《おつしや》るのか」

「さよう。奉行所としては妹尾別当と問題を起こし、それが当道全体と争うようになることは避《さ》けねばならぬのだ」

当道の官位は江戸においては本所にある惣録屋敷から受けるのだが、実際は京の公卿《くぎようこ》久我《が》家から与えられる。公卿は謝礼を受け取って官位を与えているのだが、その収入は莫大なものになる。つまり、当道の後ろには京の久我家が控《ひか》えているのだ。

へたに手をつけられないと、老中も及び腰であった。

「しかし、ひとりの力でなんとかなる相手ではありますまい。それに、どうして青柳どのが対処せねばならぬのか」

「宇野どの。青柳どのは江戸の者たちの尊敬を集めているのだ。その期待に応えるのが務めというものであろう」

「奉行所としては何ら責任をとらぬ所存でござるか」

「そうだ。あくまでも、青柳どのの独断にて行なうこと」

「なんと、それは……」

「宇野さま」

剣一郎は声をかけた。

「やらせていただきます。町の者が困るようなことは捨ておけません」

「しかし、相手は公儀の保護を受けてやりたい放題の身。あくどい貸し付けで儲《もう》けた金で吉原《よしわら》に通い、妾《めかけ》を囲うなど目に余る。奉行所が手を出せないと承知しているから始末が悪い。じつは、さっき話した『福田屋』の件では、妹尾別当から借りた者がひどい取り立てにあって泣いているという近所の者の訴えがあって、同心のひとりが話をききにいったことがあった。だが、逆に威《おど》されてすごすごと帰ってきたのだ。とうてい、ひとりで立ち向かえる相手ではない」

清左衛門は四郎兵衛に向かい、

「ここはご老中が真剣に考えていただくことこそ肝要かと」

「それが出来ぬからご老中はお奉行に相談されたのだ」

四郎兵衛がいらだって言う。

「で、お奉行が出来ぬから青柳どのに任せるのですか」

「弱者という立場を逆手にとっての振る舞いだけに、誰もが手を焼いているのだ。ここは町の者たちに人望がある青柳どのに託するのがいいとお奉行も仰っておられるのだ」

「宇野さま。このままでは決してよくないこと。なれど、妹尾別当だけが格別、強引なように思えます。まず、妹尾別当に会ってみます」

剣一郎はあえて困難に立ち向かう覚悟を固めて言う。

「よくぞ、申された。しかと頼んだ」

四郎兵衛は立ち上がり、部屋を出て行った。

「汚い」

清左衛門が吐き捨てた。

「奉行所が手をつけられない相手を任せるとは、青柳どのを貶《おとし》めようとしているにほかならん。当道相手に闘《たたか》うにひとりでは荷が勝ちすぎる」

「町の者のためにはなんとかしなければなりません。やってみます」

「うむ」

清左衛門はため息をついた。

「妹尾別当とはどのような人間なのでしょうか」

「もともとは伊勢《いせ》のほうの武士の子どもだそうだ。幼少の頃、病気により失明し、ある検校に弟子入りをし、鍼灸の修業をしてきた。市名《いちな》を松《まつ》の市《いち》と称したが、別当になって本名の妹尾を名乗るようになった。今、四十歳で、じきに検校になると言われているそうだ」

「検校ですか。検校になるためには相当の金を使わねばならないと聞きます。妹尾別当になぜ、それほどの金があったのでしょうか」

一番下の座頭から最上の検校まで、さらにその中が細分化され、検校の中は一老から十老まで、別当は一段から八段まであり、全部で七十三段階ある。したがって座頭から検校まで上り詰めるにはふつうでは一生かかっても無理だ。だが、実際には金を使うことで飛び級が出来る。

官位が上がれば世間での地位も実入りも確実に上がる。金を使ってでも検校になりさえすれば贅沢三昧《ぜいたくざんまい》の暮らしが出来るのだ。

「妹尾別当は大伝馬町《おおでんまちょう》にある質屋『甲州屋《こうしゅうや》』の庇護《ひご》を受けてきたらしい。なんでも、先代の主人が肩が張り、頭痛に苦しんでいたとき、妹尾別当の按摩の治療を受け、完治した。そのことから、『甲州屋』の主人は妹尾別当に援助をしているらしい」

「なるほど、そういう因縁《いんねん》があったのですか」

「うむ。何か妙案はあるか」

「いえ、ありません。しかし、妹尾別当とてひとの痛みがわからぬはずはないでしょう。まずは当たってみます」

「そうか」

「妹尾別当の住まいはどこでしょうか」

「上野元黒門町《うえのもとくろもんちょう》だ。いくら公儀のお墨付きがあるとはいえ、ここまで身勝手な振る舞いを許していいものではない。このようなことに青柳どのを使って申し訳ないが、どうか頼む」

「はっ、畏《かしこ》まりました」

請け合ったものの、剣一郎は難しい問題であることは十分にわかっていた。

宇野清左衛門の話に出た『福田屋』は浅草の田原町《たわらまち》にあった。

剣一郎は編笠をかぶり、着流しで『福田屋』があった場所に立った。今は、別の店が入っている。

剣一郎は隣にある下駄屋に入った。店番の亭主に、編笠をとって声をかけた。

「隣にあった『福田屋』のことできさたい」

「青柳さまで」

あわてて居住まいを正した亭主は、剣一郎の問いかけに憤慨《ふんがい》しながら答えた。

「それはひどいものでした。店の前に仲間の座頭を連れてきて、福田屋さんの悪口を言い続け、それから金を返せと声を合わせてがなるんですから。あれを毎日やられていたら、おかしくなってしまいます」

「一度、同心が駆けつけたようだが？」

「あいつら何とも思っちゃいません。八丁堀《はっちょうぼり》の旦那がちょっと座頭に手をかけたら、悲鳴を上げて、じべたを転げ回り、盲人に乱暴をしたとわめき散らすんですから、八丁堀の旦那だろうと何もできません」

「そうか」

「青柳さま。なんで、あんなことが許されるんですかえ。福田屋さんだって、好きで座頭から金を借りたわけじゃありません。ご亭主が病気になって、止《や》むに止まれずに借りたんです」

「今、福田屋はどこにいるのだ？」

「おかみさんはどこかの岡場所に身売りをして金を返したそうです。福田屋さんはどこに行ったかわかりません。夜逃げのように出て行きましたから」

「妻女は自分から進んで岡場所に行ったのか」

「とんでもない。座頭が金がないなら身を売れと騒いで……」

亭主は怒りからか声を震わせた。

剣一郎は礼を言い、外に出た。

田原町から稲荷町《いなりちょう》を経《へ》て上野山下《やました》を通って、上野元黒門町にやってきた。

妹尾別当の家はかなり大きい。黒板塀に囲まれた二階家だ。

以前は浅草に住んでいたが、座頭金を貸し付けて高利で大儲けをし、数年前に
ここに引っ越してきたそうだ。

編笠を外して、妹尾別当の屋敷の門をくぐった。格子戸《こうしど》を開けて訪問を告げる
と、若く美しい女が出てきた。

「青柳剣一郎と申す。妹尾別当どのにお会いしたい」

「青柳さま」

女は素早く剣一郎の左頬《ほお》の青痣《あおあざ》を確かめた。

「少々お待ちください」

女は奥に引っ込んだ。

屋敷の中は静かだ。やがて、さっきの女がやってきた。

「どうぞ」

「では」

剣一郎は土間の壁に編笠を立てかけ、腰から刀を外して部屋に上がった。

女の案内で、剣一郎は内庭に面した部屋に通された。

しばらくして、別の若い女が座頭の手を引いてやって来た。

剣一郎の前に座る。大柄な四十ぐらいの男だ。丸い顔に目は閉じているが、整った顔をしている。

「妹尾別当です」

鷹揚《おうよう》に名乗る。

「南町与力の青柳剣一郎と申す」

「青痣与力どのですな。噂《うわさ》は聞いております」

微《かす》かに笑みを浮かべて言う。

「恐れ入る」

「青痣どのが私に何か」

「先日、そなたに金を借りた御徒衆のある侍が妻女を離縁したあとで自刃したそうだ。その侍のふた親もあとを追った」

「じつに無責任でございますな」

「無責任とな？」

「さようでございましょう。借りたものは必ず返す。その当たり前のことをせず、勝手に死におって」

妹尾別当は顔を醜《みにく》く歪《ゆが》めた。

「返すつもりだったのではないか。だが、運悪く、金の都合がつかなかった。もう少し待ってやってもよかったのではないか。そう頼まれたのではないか」

「そうやって、私はいろいろな者に何度騙《だま》されてきたか。返済を延《の》ばし延ばしにして、そのうち踏み倒してやろうという輩《やから》ばかり」

「それはいかがであろうか」

剣一郎は切り込む。

「そなたたちが高利でもって金を貸すことが出来るのは、公儀によって手厚く守られているからではないのか」

「その他のことで虐《しいた》げられていますからな。そのくらいは当然でございましょう」

「虐げられているだろうか」

「虐げられておりますとも。目が見えないために、武士の家に生まれた者でも武士を続けることは出来ませぬ。武士でありたいと思った者が武士としてやっていけない辛《つら》さをおわかりいただけましょうか」

「わかる。おのずと、生きる世界が限られていることは同情申し上げる。なれど、別に生きる道が用意されている」

「不本意ではありますがね」

「不本意なのか」

「さよう」

「だが、公儀は不幸にして失明した者たちに生業を与えた。そのひとつに座頭金がある。そなたたちに有利な仕組みになっている」

「当然でございましょう。ご公儀にはそこまでする務めがありましょう」

「当然とな。なぜ、それをありがたいとは思わぬのだ？」

「これは異なことを」

妹尾別当は見えない目をぐっと突き出すようにして、

「我らは弱者でございます。ふつうの暮らしをされている方々が弱者を支えるのは当然のことではありませんか」

「しかし、弱者といえば、そなたたちから、たとえ高利でも金を借りなければならない者たちも弱者ではないのか」

「我らのような弱者とは違います。あの者たちは、普段は我らを蔑《さげす》んでおるくせに、自分が困ったときにはぺこぺこして金を借りようとする。しかし、内心ではやはり蔑んでいるのです。だから、約束を簡単に破るのです」

「どうして、蔑んでいるとわかるのだ？」

「雰囲気です」

「『甲州屋』の先代はどうだ？　そなたを蔑んではいなかったはずだ。そなたは勝手に、蔑んでいると思い込んでいるだけではないのか」

「『甲州屋』は……」

妹尾別当は言いさした。そして、すぐ話を変えた。

「ともかく、私どもは人助けの意味もあってお金を貸しております。その厚意を無にされたくないのです」

「ならば、なぜ、待ってやらぬのだ」

「我らを侮《あなど》り、借金を踏み倒そうとするからです」

「そなたの思い込みではないのか」

「そうでしょうか」

「次に、支払い期限がくる借り主を教えてくれぬか。わしがこの目で、相手が借金を踏み倒そうとしているのか、それともそなたが強引なのか見極めたい」

「青柳さまは我ら座頭とことを構えるおつもりですか」

「わしは江戸の者たちの平穏を守る役目を負っている。その平穏を脅《おびや》かす者はたとえ誰であろうがわしは立ち向かう」

「………」

妹尾別当は含み笑いをし、

「おもしろうござる。天下の青痣与力、相手に不足はありませぬ。今度、返済を迫りに行くときには事前に青柳さまのお屋敷に使いを出しましょう」

と、余裕を見せた。

「わかった。待っている」

剣一郎は立ち上がってから、

「先程、出迎えた女子《おなご》はそなたの妾か」

と、きいた。

「まあ、そうでございます」

「いい身分だ」

「青柳さま。また、お会いいたしましょう。青痣与力が泣いて詫《わ》びる姿が目に浮かびまする」

妹尾別当の声を背中に聞いて部屋をでる。

豪胆な男だと、剣一郎は思いながら、妹尾別当の家をあとにした。

二

西陽が部屋に射し込んでいる。おきみは化粧をし終えて、あわただしく土間に下りる。おきみが戸口で振り返る。

「じゃあ、行ってくるわ」

「五つ半（午後九時）にいつものところに」

「ええ、じゃあ」

おきみは微笑《ほほえ》んでから土間を出て行く。永代寺門前仲町《えいたいじもんぜんなかちょう》にある料理屋『たちばな』に行くのだ。おきみは二十八歳になる。二十五歳の周次郎《しゅうじろう》より年上だ。

周次郎はおきみが木戸を出て行くまで見送ってから土間に入り、腰高障子《こしだかしょうじ》を閉めた。

部屋に戻ってからほどなく、戸がいきなり開いた。周次郎はあっと息を呑《の》んだ。戸口に立っていたのは兄の周太郎《しゅうたろう》だった。

「兄さん」

「周次郎、久し振りだな」

周太郎は二十七歳。周次郎と違い、小肥りで、顔の色艶《いろつや》もいい。大伝馬町にある質屋兼金貸し業『甲州屋』の跡取りだ。

「どうしてここが？」

「何年振りかな」

周太郎は周次郎の問いには答えなかった。

「三年振りだ。どうぞ」

周次郎は散らかっているものを片づける。

「ここでいい」

上《あ》がり框《かまち》に腰を下ろし、周太郎は莨盆《たばこぼん》を引き寄せてから莨入れを取り出した。煙管《きせる》に刻みを詰め、火を点《つ》けるまで、周次郎は兄の用件を考えながら待っていた。まさか父のことだとは考えられなかった。

「兄さん、なんだえ」

「女はどうした？」

「今、仕事に行った」

「何をしているんだ？」

煙《けむり》を吐いて、周太郎がきいた。

「近くの料理屋で働いている」

「おまえのことだ」

「へえ」

「へえ、じゃねえ。今、何をやっているんだ？」

「いろいろと」

「女に食わせてもらっているってわけか」

「…………」

周次郎は返事に窮《きゅう》した。

「そんなんじゃ、お父っつあんが泣く」

「俺は……」

何か言いかけたが、何を言おうとしたのかわからなくなった。

「周次郎。じつはお父っつあんがもういけない」

「えっ?」

耳を疑った。

「お父っつあんがいけないって、どういうことなんだえ」

「一年前に倒れた。養生して、だいぶよくなったと思っていたが、二カ月前から寝込むようになった。十日ほど前に、医者からもって半月と言われた」

「………」

「ときたま、うわ言で、周次郎の名を呼んでいる。だから、人を頼んで、おまえを捜したんだ。会いたがっているんだ。会ってやってくれ」

「もちろんだ」

周次郎は即座に答える。

「俺の顔を見て、元気になってくれれば」

「いや。もう、無理だ。周次郎の顔を見れば、安心してあの世に旅立てるだろう。そのためだ」

そんなに悪くなっていたのかと、周次郎は頭が混乱し、叫びだしたくなった。

「来るなら早いほうがいい。間に合わないといけない」

「わかった。おっ母さんは?」

「うむ。だいぶ気落ちしているが、元気だ」

「そうか。じゃあ、明日、伺います」

「うむ。頼んだ」

煙管を片づけて、周太郎は立ち上がった。

周次郎は木戸まで見送った。木戸の前に待っていた駕籠《かご》に乗りこみ、周太郎は引き上げて行った。


五つ半に、周次郎は門前仲町に近い掘割《ほりわり》の前にいた。暗い川面《かわも》に目を落とし、父のことを考えていた。

父はたくましい体をした男だった。厳《いか》めしい顔に鋭い眼光。何ごとにも動じない強さがあった。

そんな父が病床にあるとは信じられなかった。

兄周太郎とは、ふたり兄弟だった。賢い兄と違い、周次郎は何ごとにも父に反発した。『甲州屋』には奉公人の小僧から手代になり、さらに番頭になるまでの厳しい決まりがある。そして、家訓にしたがって、商売を進めていた。

だが、周次郎は家訓について反発した。その中の最たるものが、定期的に奉公人の才覚を調べ、またやる気をためし、それに通らねば店をやめさせるというものだった。

五年前に、仲のよかった手代がやめさせられることになり、周次郎は懸命に父に反対し、翻意《ほんい》を迫った。だが、父は周次郎の頼みを受け入れなかった。

その手代は益吉《ますきち》といったが、『甲州屋』をやめたあと、深川《ふかがわ》の遊女屋で客引きをするようになった。その縁で、周次郎は遊女屋に入り浸《びた》って、やがて勘当の憂《う》き目を見るようになったのだ。

周次郎の頭には厳しい父の姿しかなかった。

「周次郎さん」

「あっ、来ていたのか」

周次郎は振り向いた。

「どうしたんですね。何か思い詰めているようでした」

「ともかく帰ろう」

周次郎は歩きだした。

おきみが下駄を鳴らして並ぶ。

「じつはさっき『甲州屋』の兄がやってきたんだ」

「まあ、兄さんが……」

おきみが怯《おび》えたように言ったきり、押し黙った。

『甲州屋』が大店《おおだな》ということで、おきみはいつも気遅れしている。

「勘当が解《と》かれるのね」

油堀川《あぶらぼりがわ》沿いを歩く。

「違う」

「帰って来いという話でしょう」

「お父っつあんがいけないそうだ」

「いけない？」

「ああ、あと半月もつか……」

「まあ」

「明日、行って来る。おっ母さんの様子も見てきたいし」

「…………」

「どうした？」

「このまま、『甲州屋』に戻ってしまうのね？」

「戻りはしない」

「でも、勘当は解かれるのでしょう」

「解かれても、『甲州屋』に俺の居場所はないんだ。帰りはしない。『甲州屋』は兄貴が継ぐんだ」

「ほんとうね。ほんとうに戻って来てくれるの?」

「当たり前だ。俺がおきみと別れられるはずないだろう」

「だって、私は年上よ。私の方が早くおばあちゃんになっちゃうわ」

「年齢なんて関係ない」

「うれしいわ」

おきみは周次郎にしがみつく。

「おいおい、向こうからひとが来る」

周次郎はあわてて言う。

「ほんとうに捨てないでね」

「そんなこと、するわけがない。それより、もし、万が一のことがあったら、二、三日、実家に泊まらなきゃならなくなる。留守を頼む」

「わかったわ」

おきみは少し寂《さび》しそうに言った。

翌日の朝、周次郎は大伝馬町にある『甲州屋』にやって来た。

家族用の入り口の前でしばらく佇《たたず》み、周次郎は大きく深呼吸をした。五年振りだ。家は変わっていない。緊張しながら格子戸を開けた。

土間に入って声をかけると、お歯黒の若い女が出てきた。二十二、三歳か。たぶん、兄嫁だろう。

「周次郎です。兄の？」

「はい、おみねです。さあ、どうぞ」

「周次郎」

母が出てきた。

「おっ母さん。ご無沙汰《ぶさた》しています」

「元気だったかえ。さあ、早くお父っつあんのところに」

母は急《せ》かした。

周次郎は母と兄嫁のあとに従い、奥の部屋に行く。

母が障子を開ける。父が寝ている。頬はこけて、頬骨が突き出ている。五十五歳という年齢以上に老いが目立つ。

（これがあのお父っつあんか）

たくましかった父とは別人だった。

「去年、体を壊してね。腹の中に痼《しこり》が出来ているんだって。寝たり起きたりしていたけど、二カ月前からいっきに悪くなって……」

母が説明してから、

「周次郎ですよ。周次郎が帰ってきましたよ」

と、父に呼びかける。

微かに不快な臭《にお》いがする。死臭かもしれないと思った。

「お父っつあん」

周次郎も顔を覗《のぞ》き込む。もう一度声をかけると、父は薄目を開けた。

「わかりますか、周次郎です」

父の目が微かに動いた。

「周次郎ですよ。わかりますか」

母も言う。

「周次郎か。ほんとうに周次郎か」

父の手がゆっくり上がった。

「ああ、周次郎だ」

周次郎は父の手を握《にぎ》った。

「会いたかった」

「親不孝のしっぱなしで……」

「おまえにはすまないことをした」

「何を言うんです。みんな俺が悪いんです」

周次郎が勘当されたのは三年前の二十二歳のときだ。

「あの女とまだいっしょにいるのか」

「ええ」

「そうか」

「私は向こうに行っています」

母が部屋を出て行った。父子ふたりきりにしてやろうという心遣いだろうか。

「お父っつあん。俺はおきみとは……」

「帰って来い」

父が絞《しぼ》り出すような声で言う。息が荒くなっていた。

「お父っつあん、だいじょうぶですか」

「誰かいるか」

「えっ？」

「他に誰かいるか」

「いえ、俺だけです」

「誰にも言うな」

「えっ、どういうことですか」

「おまえの祖父の出はユノオクだ」

「ユノオクとはなんですか」

「ユノオクは……」

父の唇が微かに動いた。何か言っている。

「お父っつあん。なんですか？」

周次郎は耳を口許《くちもと》に近づける。

「妹尾別当……」

「妹尾別当？」

今度は違うことを言い出した。

妹尾別当の恩義を忘れまじと、『甲州屋』の家訓にある。

「妹尾別当と『甲州屋』は……」

聞き取れずに耳をさらに近づけた。蚊の鳴くほどの声で、何かを言った。苦しい息の下から言う。

どうしても聞き取れなかった。

「お父っつあん、ユノオクとは何ですか」

「誰にも口外してはならぬ。知っているのは……。それから、梅助《うめすけ》……」

荒い息で途切れ途切れの声だ。

「梅助って誰ですか」

問いかけたとき、廊下に足音がした。

この部屋の前で止まり、障子は開いた。

「兄さん」

兄の周太郎が入ってきた。

「周次郎。来てくれたか」

「ああ、俺のことをわかってくれた」

「お父っつあん。よかったな、周次郎に会えて」

周太郎が父に語りかける。

父は疲れたのか目を閉じていた。

「眠ったようだな。おまえの顔を見て、安心したようだ。穏やかな顔つきになっている。ずっとおまえのことを気にしていたからな」

「あんな強いお父っつあんがこんなになっちまったなんて。もっと、早く会いにくればよかった」

周次郎は涙ぐんだ。

「周次郎、向こうに」

厳しい顔で呼びかけ、周太郎は腰を浮かせた。

周次郎も立ち上がって、周太郎について隣の部屋に移動した。

差し向かいになってから、周太郎が口を開いた。

「お父っつあんは、おまえに何か話さなかったか」

「えっ、何をだ」

内心の動揺を隠して、周次郎はきき返す。

「何も聞かなかったか」

「はい」

「ほんとうだな」

周太郎の目が鈍《にぶ》く光った。

「兄さん。何かあるのか」

周次郎はとぼけてきく。

「うむ」

戸惑《とまど》いぎみに、周太郎は眉根を寄せた。

「じつは、二カ月前に寝たきりになってから、俺は『甲州屋』のことをすべて任された。家訓の中でも、特に旗本勝山《かつやま》家をないがしろにするな、というものがある」

「勝山さまは先代が苦しいときにお世話になったそうですね」

現在、大目付である三千石の旗本勝山彦左衛門《ひこざえもん》が甲府《こうふ》勤番支配で甲府に常駐の折り、当時甲府城下で、両替商の番頭をしていた祖父と親しくなった。

その後、祖父は江戸に出て質屋を開いたが、勝山彦左衛門の支援によって、『甲州屋』はまたたく間に大きくなった。

「そうだ。『甲州屋』をはじめたあと、たいそう世話になった。そのおかげで大《おお》店《だな》になった。その恩義を忘れまいということで、わざわざ家訓にもそのことを認《したた》めてある」

「そのことが何か」

「そのとき、俺はきいたんだ。いったい、勝山家とどのようなことがあったのか。なぜ、勝山家と『甲州屋』が結びついたのか。お父っつあんは答えてくれなかった。ただ、お父っつあんがふともらしたんだ。秘密は墓場まで持っていかねばならないって」

「秘密？」

「何かわからない。勝山家と『甲州屋』で何かあったのだろう」

「兄さん。妹尾別当への恩義も家訓に書いてありますね」

「そうだ。先代が頭痛持ちだったが、妹尾別当の鍼灸によって完治した。代々、その恩を忘れるなということだ」

妹尾別当に関して、父は何かを言おうとした。だが、聞きそびれた。父は何を言いたかったのだろうか。

それより、なぜ父はその話を自分にしたのか。そのわけもわからなかった。

「兄さん。その秘密というのは『甲州屋』にとっても大事なことなのか」

父は祖父のことを言っていたのだ。おまえの祖父の出はユノオクだ。父はそう言った。それが秘密なのだろうか。

「わからぬ。なぜ俺に伝えなかったのか。家訓にも認めてある勝山家と関わりあることなら俺には伝えてもよいはずだ」

「おそらく」

　周次郎は言いかけて、

「いや、想像ですが、お父っつあんはその秘密のために苦しんで来たのではないのか。だから、兄さんにも伝えなかったのでは」

「なぜ、そう思うのだ？」

「秘密があることはもらしたんだろう。お父っつあんも先代からその秘密を受け継いできたんじゃないのか。そのために、お父っつあんは誰にも言えずに苦しんできたのではないだろうか」

「それほどの秘密だと言うのか」

「そうだ。最初は兄さんには伝えようとした。でも、やめたんだ。墓場まで持っていくというのはよほどのことだぜ。兄さんに、そんな辛い思いをさせたくない。だから、兄さんには言わなかったんだ」

「気になるな」

「兄さん。そんなことを忘れて、『甲州屋』を守っていってくれ」

「そうだな」

周太郎は頷《うなず》いてから、

「どうだ、周次郎。戻ってきて、俺に手を貸してくれないか。いずれ、暖簾《のれん》分けをしてもいいし、どこかに養子の口があれば……」

「兄さん。俺はだめだ。今さら商売なんか出来ない」

「お父っつあんはおまえのことを買っていたんだ」

そのとき、兄嫁が駆けつけてきた。

「おまえさん、たいへんよ。お義父《とう》さまが」

周太郎と周次郎は父の枕元に駆け寄った。

断末魔《だんまつま》の苦しみは一瞬だけで、父は静かに息を引き取った。

三

早く御番入りが叶うようにと、小普請組非役《こぶしんぐみ》の高岡弥之助《たかおかやのすけ》は神田明神《かんだみようじん》の拝殿に手を合わせた。

弥之助の父は、二《に》の丸広敷添番《まるひろしきそえばん》のとき、病に倒れ、小普請組に入れられた。有能だった父は、丈夫だったらさらに出世をしていたに違いない。だから、小普請組に組みいれられたときは、どれほど悔しかったか。

　弥之助は早く御番入りを果たし、父を安心させてやりたかったが、それ以上に、るいのためにも願いを叶えたかった。

　弥之助がはじめて、るいに出会ったのがこの場所だった。拝殿の前で出会った美しい娘を見初め、それからは日ごとに恋い焦《こ》がれていったが、相手がどこの誰かもわからず、まみえる機会もなかった。ところが、思いがけない場所で、弥之助はるいと再会したのだ。

　拝殿の前を離れてから、弥之助は本郷《ほんごう》通りに出て、小石川《こいしかわ》に向かった。きょうは月に二度ある小普請組頭との逢対日《おうたいび》であった。神田明神に祈願をして、小普請組頭の屋敷を訪れた。

　客間で少し待ち、やっと自分の順番がきて、組頭の前に進み出た。

　いつもと違い、組頭は気難しい顔で迎えた。

「うむ」

「組頭さま。御支配さまのほうはいかがでありましょうか」

　役職に欠員が出た場合に、御番入りが出来るよう、弥之助は精進を重ねていたが、御支配の勘気をこうむる事態になっていた。

「弥之助。先日、そなたは両国橋《りょうごくばし》にて騒ぎを起こしたそうだな」

「両国橋ですか。はい、賊を捕らえるために……」

「いかような理由があろうと、町中で刀を抜いたことを、御支配どのは問題にした」

小普請支配は旗本及川辰右衛門《おいかわたつえもん》である。

「お待ちください。決して私闘ではありません。奉行所の方々に手を貸して……」

「弥之助」

組頭は手を上げて制した。

「小普請組とはいえ、れっきとした直参《じきさん》が町中で抜刀したことが問題なのだ。まして、相手は信州浅間《しんしゅうあさま》藩の家中の者とか」

「お聞きくださいませ」

弥之助は必死に訴える。

「私は南町奉行所与力の青柳剣一郎さまの手助けをして、最近連続して起こった殺しの下手人《げしゅにん》を……」

藩内の悪事を暴《あば》こうとする者と浅間藩の奸物《かんぶつ》との闘いがあったのだ。決して、私事からではない。

「待て。弥之助」

組頭は痛ましげに首を横に振り、

「御支配さまの言い分は難癖《なんくせ》に過ぎない。そのことはわかっているはず。したがって、どんな正論を言っても通じないのだ」

「はい」

弥之助は引き下がった。

「御支配さまのご子息の辰之進《たつのしん》どのと、青柳どのの娘御との縁組を邪魔したのはそなただという事実が、御支配さまの気持ちを逆撫《さかな》でしているのだ」

神田明神で見初めた娘と再会したのは、南町の風烈廻り与力青柳剣一郎の屋敷を訪れたときだった。

剣一郎は、数々の難事件を解決し、若き日に押し込みが行なわれているなかへ単身で乗りこんで暴漢を退治した際に、左頬に受けた刀傷が青痣として残ったことから青痣与力と呼ばれている。その剣一郎の娘るいが、弥之助が恋い焦がれた女だった。るいもまた、弥之助に好意を抱いていた。

だが、思いがけないことに、小普請支配の息子及川辰之進がるいに縁組を申し入れていた。るいは、その申入れを断ったのである。

「そなたに何の落ち度もない。また、御支配さまは縁組の件はまったく関わりないと申すが、そんなはずはない。そのことを根に持っているはず。何度も言うようだが、ほんとうに御番入りを願うなら、青柳家の縁談はお断りしたほうがいい」

そんなことは出来ない。理不尽ながら、御支配の怒りが解けるまで待たなくてはならないと改めて思った。

剣一郎からも言われている。

――いつか御番入りの機会は来る。そのためにも、日頃の修練が大切だ。自棄《やけ》になって大事な方向を見失ったりしたら、結局それだけの人間ということになる。なにがあろうと、平常心を保つのだ。うろたえたり、あわてたりしたら、実力は発揮出来ぬ。どんな場合でも自分が自分でいられるように我が心を鍛《きた》えよ。

その言葉を胸に刻んでいる。

「ありがとうございました。失礼します」

弥之助は組頭の屋敷を辞去した。

下谷七軒町《したやしちけんちょう》にある屋敷に帰ると、父が厳しい顔で待っていた。おやっと思った。父がこのような表情をするのは珍しい。

父には剣一郎の娘るいとのことは話してある。そして、小普請支配の息子とるいとの因縁。そのために御番入りが難しくなっていることも……。

そのことに対して、父は自分で正しいと思っている道を進めといい、御番入りが当面叶わないことも受けとめてくれていた。

だから、今の恐ろしいくらいの表情に不安を覚えたのだ。

弥之助は父と差し向かいになった。

「弥之助」

父が口を開いた。

「どうであった？」

「まだ、だめでした」

弥之助は正直に答える。

「組頭さまから何か言われたか」

「いつもと同じように、御番入りを願うなら、青柳家の縁談はお断りしたほうがいいと言われました」

「それ以外には?」

「それ以外……」

「何か問題があると言われなかったか」

「はい。先日の捕物の件に手を貸したことで、直参が町中で抜刀したことが問題だと言われました」

「やはり、そうか」

「やはり、とは何でしょうか」

「大名家の家来と太刀《たち》を交えたことが取り沙汰《ざた》されているようだ」

「父上。何かおありでしたか」

「知らせてくれる者があった。わしの昔からの仲間だ。このたびの不祥事において……」

父は言いよどんだ。

「父上」

「もしかしたら、甲府勤番の御沙汰が下るやもしれぬそうだ」

「なんですって」

弥之助は顔から血の気が引き、崩れそうになる体を必死に堪《こら》えた。

享保《きょうほう》九年（一七二四）、甲府藩主松平《まつだいら》（柳沢《やなぎさわ》）吉里《よしさと》は大和《やまと》国郡山《こおりやま》に所替えとなり、その後、甲斐《かい》の国は幕府の直轄地となった。

これに伴い、甲府城に城番として甲府勤番支配が置かれたのである。甲府勤番支配は老中の支配下にあり、高い地位にあった旗本が就任した。

甲府勤番支配の下で甲府城の守りに当たるために派遣された甲府勤番は、江戸から遠く離れ、また山国の勤務のために誰も赴任を嫌った。一度、甲府勤番になれば、二度と江戸の地が踏めない。そのことから、日ごろの行ないのよくない旗本、御家人が命ぜられるようになった。

何も悪いことをしていない弥之助が、どうして甲府勤番に追いやられなければならないのか。

御番入りを邪魔されるだけならまだしも、江戸から追い払おうとまでするとは……。

「弥之助。その者が言うには、青柳家の縁談はお断りしたほうがいいと」

「出来ません」

弥之助はきっぱりと言う。

「だが、甲府勤番になれば二度と江戸に戻れないのだ。わかっているのか。いや、正しくは甲府勤番士になれるのではない。小普請組の者は甲府勝手小普請になり、甲府に行っても無役であることにはかわりないのだ」

「………」

「今ならまだ間にあう。青柳家の縁談をお断りすれば、甲府勤番の御沙汰もなくなるし、もしかしたら御番入りが果たせるやもしれぬ」

るいを諦めた代償として甲府勤番を逃れ、御番入りを果たせたとしても、きっと自分の心は満ち足りたものにはならないだろう。

「自分の心を偽《いつわ》ってまでお役に就いても、私は満足にお役目を果たせるようにはなりません」

弥之助の決意は固い。

「では、どうするつもりだ？　甲府に行くのか。るいどのを甲府に連れて行くのか」

「それは……」

返答に窮する。

「弥之助。るいどのが江戸を離れ、甲府についてきてくれると思うか。いや、仮についてきてくれたとしよう。るいどのを一生、甲府で暮らさせるつもりか」

二度と江戸には帰れない。そのことが胸を圧迫する。

「どの道を選んでも、そなたには苦しみが待っている」

父は深いため息をついた。

「こんな理不尽なことが……」

「言うな」

父は制して、

「世の中は理不尽に出来ている。わしとて、病にさえ罹《かか》らなければ……」

と、無念を口にした。

「もし、私が甲府行きを命じられたら、父上と母上はついてきてくださいますか」

「わしはこの体では無理だ。母とて、いまさら江戸を離れて暮らすことは出来まい」

「………」

弥之助は立ち上がった。

「どこへ行く？」

「ちょっと」

曖昧《あいまい》に答え、弥之助は帰ったばかりの屋敷を飛びだした。

三味線堀《しやみせんぼり》までやって来て、堀端に立った。

そこまで憎いのかと、御支配の及川辰右衛門に対して怒りを募《つの》らせた。るいとの仲を裂《さ》こうとしているのだ。

るいと別れなければ、甲府勤番にする。威《おど》しだ。そのような威しに負けるものかと力んでみても、御支配はやるかもしれない。

いや、やるであろう。甲府勤番は二度と江戸に戻れない。るいをそのような目に遭わせていいのか。

そのとき、はっと気がついた。甲府勤番に決まれば、るいと祝言を挙げるひまもなく、直ちに任地に赴《おもむ》かねばなるまい。

果たして、あとからるいが甲府まで来てくれるだろうか。剣一郎が許すだろうか。甲府に来たとして、江戸育ちのるいが一生を甲府で過ごすことが出来るだろうか。

弥之助は追い詰められた。まさか、あのとき剣一郎に手を貸したことがこのような事態を招くことになろうとは……。

堀を眺《なが》めていると、背後に楽しそうな笑い声が聞こえた。職人体《てい》の男がふたり、女の話をしながら通り過ぎた。

いたたまれなくなった。るいに会いたい。そう思えば思うほどに、気持ちは八丁堀の青柳家に向かっていた。

弥之助が神田川のほうに歩きはじめたとき、背後から呼ぶ声をきいた。あの声は、同じ道場に通う光石保二郎《みついしやすじろう》だと思った。

立ち止まって振り返ると、保二郎が駆けてきた。

「屋敷に行ったら、ほんのすこし前に出たというので追いかけてきた」

「よく、ここがわかったな」

「いや、あっちこち捜した」

「そうか。すまなかった」

「それより、どうだった？」

保二郎が厳しい顔できいた。

「御支配さまのことか」

「そうだ」

「だめだ。組頭さまも、るいどのとの縁組を断らなければだめだと仰った」

「そうか。まだ、許してもらえそうもないのか」

「それより」

弥之助は体を切り刻まれるような痛みを感じながら続けた。

「俺に甲府勤番の噂があるようだ」

「甲府勤番？」

保二郎は首を傾《かし》げ、

「なぜだ。甲府勤番は素行の悪い者が行かせられるところだ。おまえが行くようになるはずがないではないか。まさか、るいどののことが理由で甲府勤番など、公私混同ではないか」

「浅間藩とのことだ」

弥之助は事情を話す。

「そんなことが問題になるなんて」

保二郎は呆れた。

「俺はるいどのを諦《あきら》めるわけにはいかない。かといって、るいどのを甲府に伴っていいものか……」

「父君と母君はどうするつもりだ？」

「父は病弱だ。だから、甲府には行けない」

あれもこれもと考えると、甲府勤番になることは多くを犠牲にしなければならない。

「るいどのを諦めるわけにはいかないのか」

保二郎が言うと、弥之助はかみつくように吐き捨てる。

「別れるくらいなら死ぬ」

「ずいぶん惚《ほ》れたものだな」

「るいどのが俺のことを好いていないなら諦めがつく。でも、るいどのも俺のことを思ってくれているのだ」

「そんなむきになるな」

「すまない」

「青柳さまのお力でなんとかならぬのか」

「いくら江戸の人々から敬われるお方であっても、いわゆる不浄役人。青柳さまの進言も聞き入れられないだろう」

奉行所の人間は罪人を扱うため、そう蔑まれている。

「くだらん世の中だ」

「そのとおりだ。理不尽だらけだ。しかし、それに逆らったら生きてはいけない」

「思い切って、御支配に会ってみたらどうだ？」

「御支配に？」

「そうだ。もちろん、正面切って訪れても相手にしてもらえまい。登城か下城の折りを待ち伏せ、お会いし、真情を訴えたらどうだ」

「そうだな」

このまま何もせずにいるより、何かの行動を起こすべきだと、弥之助は考えた。御支配とて決して鬼ではない。自分の伜《せがれ》のことで気持ちの収まりがつかなくなっただけで、弥之助の気持ちをきっとわかってくれるはずだと期待した。

「よし。やってみる。ありがとう、保二郎」

「なんだ、急に？」

「勇気が出た」

「その意気だ」

「どうだ、これから道場に行って、汗を流さないか」

ふたりとも元鳥越町《もととりごえちょう》にある一刀流《いっとうりゅう》の仁村十右衛門《にむらじゅうえもん》道場に通っている。

道場主の十右衛門は病気がちのため、師範代の本多三五郎《ほんださんごろう》が道場を取り仕切っているが、弥之助と保二郎の腕は道場でも評判になっていた。

その日、弥之助は道場で保二郎とともに汗を流した。必ず、御支配にわかっていただくのだという切実な思いを竹刀《しない》の打ち込みに込めていた。

四

まるで、周次郎がやって来るのを待っていたように、父周右衛門《しゅうえもん》は息を引き取った。

通夜、葬儀とあわただしく過ぎ、その間、周次郎はおきみのもとに帰れず、『甲州屋』に泊まり込んだ。

「兄さん。それじゃ、俺は帰ります」

周次郎は周太郎に別れを言う。

「周次郎。ここにいておくれな」

母が訴えるように言う。

「そうだ。周次郎、戻って来い」

周太郎は膝《ひざ》を進め、

「俺に手を貸してくれ。いずれ、暖簾分けも出来る」

と、熱心に言う。

「ありがとう。でも、俺には大事なひとがいるんだ」

おきみのことだ。

「おきみさんとは手が切れないのか」

「おきみは、ずっと俺を支えてきてくれた女だ。別れるなんて考えられない」

「そうか」

周太郎は諦めたように、

「いつでもいいから、その気になったら戻って来い。お父っつあんだって、ずっとおまえが戻って来るのを心待ちにしていたんだ」

「俺は商売は向いてない。では、兄さん、おっ母さん。お達者で。また来ます」

周次郎は頭を下げて立ち上がった。

土間まで見送ってくれた兄嫁が、

「これ、うちのひとから」

と、懐紙に包んだものを寄越《よこ》した。

小判だとわかった。

「こんなことをしていただいては……」

「いいんですよ。うちのひとからですから遠慮せずに。早く、おきみさんのところに帰ってあげてください」

「すみません。兄さんによろしく」

周次郎は金を懐《ふところ》に仕舞って格子戸を開けた。

逸《はや》る気持ちを抑えがたく、時折足をもつれさせながら永代橋《えいたいばし》を渡った。

佐賀町《さがちょう》の長屋の木戸を入り、急ぎ足で住まいに駆け込む。

腰高障子を開け、今帰ったと言おうとして声を呑《の》んだ。部屋におきみはいなかった。買い物にでも出かけているのかと、部屋に上がる。

部屋を見回す。きれいに掃除が行き届いているが、壁ぎわに埃《ほこり》が見つかった。

なんとなく、胸騒ぎがした。

戸が開く音に、おきみが帰ったかと腰を浮かしたが、戸口に現われたのは大家だった。

「周次郎。いろいろたいへんだったな」

大家が土間に入って来た。

「へい。無事、お弔《とむら》いもすましてきました」

「父御も、おまえに見送られて安心したであろう」

大家は上がり框に腰を下ろす。

「大家さん」

周次郎は呼びかけた。

「おきみの姿が見えないのですが、どこかへ行っているんでしょうか」

「そのことだが」

大家は莨入れを出した。周次郎は莨盆を差し出す。

煙管を摑《つか》んだが、ただ指先で弄《もてあそ》んでいるだけだ。何も言い出せないでいる。

そんな気がした。

「大家さん。おきみに何か」

周次郎は辛抱しきれずにきく。

「周次郎。じつは、おきみさんは出て行った」

「えっ、なんですかえ」

「出て行ったんだ」

「出て行ったたって、どういうことですかえ」

「うむ」

煙管に刻みを詰める。

「大家さん」

周次郎は胸がざわついた。

大家はゆっくり火を点け、煙を吐いてから、

「おまえの父御が亡くなった翌日、うちにやって来て、私がいたんじゃお店に戻れないだろうからと言ってここを出て行った」

「なんですって」

耳元で爆竹が鳴ったように頭がくらくらして、周次郎は倒れそうになった。

「おきみさんは、『甲州屋』に戻るのがおまえにとって一番いいことだと言っていた。自分といっしょだとだめになるともな」

「………」

ばかな、そんなことがあるものか。俺はおめえなしでは生きていけねえ。そんなこと、わかっているはずではないのか。周次郎はうろたえながら内心で叫ぶ。

「大家さん。おきみはどこに行ったんですかえ」

「どこへ行くとも言っていなかった。どこに行ったかわからない。ただ、遠くか

ら、おまえのことを見守っていると言っていた」

周次郎は立ち上がった。

「おい、どこへ行く？」

「『たちばな』に行ってみます」

「無理だ」

大家が引き止めた。

「おきみさんが言っていた。あのひとは『たちばな』に事情をききに行くでしょうが、誰にも行き先を告げていないから、行っても無駄だと、言い聞かせてもらいたいと」

「そんな」

「落ち着け」

大家は強く言う。

「おきみさんは、本心からおまえのことを思って身を引いたのだ。おきみさんは俺の前で泣いていた。おまえも苦しいだろうが、そんなおきみさんの思いを酌《く》んでやって、悲しいだろうが耐えるんだ」

「なぜ、俺にひと言相談してくれなかったんだ。あんまりじゃねえか。なんの挨《あい》擽《さっ》もなしでいなくなっちまうなんて」

崩れるようにしゃがみ込み、胸を掻きむしった。

「おきみさんは、自分のほうが年上だということも気にしていた」

「歳なんて関係ないんだ」

つい涙声になる。

「周次郎。決して捜してくれるなというのがおきみさんの言伝《ことづ》てだ。『甲州屋』に戻り、立派な商人になってもらいたい。それを願っているそうだ」

「私は……」

周次郎は何度かためらった末に、

「おきみを捜します」

と、言い切った。

「おきみは身寄りがひとりもいないんですぜ。この先、どうやって暮らして行くっていうんですかえ」

「おめえの言うこともよくわかる。俺は、周次郎が帰って来るまで待っていろと言ったんだ。だが、おめえの顔を見たら決心が鈍る。だから、おめえの留守中に出て行くと言っていた」

「ばかやろう。おきみのばかやろう」

周次郎はやりきれなかった。

「それから手紙を書くと未練を残すから、俺から話してくれと言ったんだ。早く、おきみさんのことを忘れて、やり直せ」

そんなこと出来るわけはねえ、と周次郎は心の中で吐き捨てる。

「いいか、早まった真似《まね》はするな。何かあったら、俺のところに来るんだ。いいな」

煙管を仕舞い、大家は立ち上がった。

戸口の前で振り返り、大家は何か言いたそうだったが、何も言わずに腰高障子を開けて出て行った。

ひとりになって、周次郎は不審を持ちはじめた。

おきみに出ていく気配などまったくなかった。父の見舞いに行くときも、以前と変わりはなかった。

父が死に、そのまま『甲州屋』に留まっている間、おきみに何かあったのではないか。

まさか……。周次郎に疑心が芽生えた。

兄の周太郎がおきみに会い、別れるように説き伏せたのではないか。周次郎は体がぶるぶる震えたが、深呼吸をして気持ちを落ち着かせた。

周太郎がやって来たとしたら長屋ではない。住人に見つかるかもしれない。だとしたら、永代寺門前仲町にある『たちばな』だ。周太郎はそこまでおきみに会いに行ったのではないか。

周次郎は長屋を出た。

油堀川沿いを足早に永代寺門前仲町に向かった。

『たちばな』は黒板塀に囲まれ、松の向こうに二階の廊下が見える大きな料理屋だった。夕方からはじまる店は、門は開いているが玄関は閉ざされていた。

周次郎は門を入る。背後で下駄の音がしたので振り返ると、年増の女が門を入って来た。周次郎を不審そうに見た。

「すみません。私は、おきみの亭主で周次郎と申します」

「おきみさん？」

「へえ。こちらで女中をしてましたおきみです」

女は首を傾げた。

「失礼ですが、女将《おかみ》さんでいらっしゃいますか」

「あたしは女中です」

「失礼しました」

「おきみさんって言いましたね」

「ええ」

「名前は？」

「名前？」

「ここでの名前よ。源氏名」

「さあ、おきみを名乗っていると思ってましたが」

周次郎は不安を抑え、

「おきみという女中はいないってことですかえ」

「ええ。だから、他の名前を使っているのかと思って」

「細身の富士額《ふじびたい》の女です。歳は二十八歳……」

女が首を傾げたので、周次郎は声を呑んだ。

「すみません。女将さんに会わせていただけませんか」

「待っててください」

女は庭木戸を通って勝手口に向かった。

しばらくして、今の女中が呼びに来た。

「こちらへどうぞ」

周次郎も庭木戸を抜けて、勝手口に向かった。

勝手口の土間に入ると、小肥りの女が待っていた。顔も丸く、風格のある女だ。

「女将さんですかえ。私はおきみの亭主の周次郎と申します」

周次郎が挨拶すると、

「おきみさんなら一年以上前にやめましたよ」

「やめた？　そんなはずはありません。毎晩、働きに出ていましたから。じゃあ、別の名前を使っていたのかもしれません」

「おきみさん、幾つと仰いましたか」

「二十八です」

「それなら、去年までいたおきみに違いないわ」

「最近、ここをやめた女のひとはいますか」

「いいえ、最近やめた人間はいません」

「いない？」

ない。

周次郎は狐《きつね》につままれたようだった。

何か食い違っている。何が違うのか、周次郎は必死に考えるが、わかるはずがない。

「おきみさんがうちで働いていると言ったのかえ」

「そうです。お店が終わる頃、いつも私が迎えにきてました」

「ここの前まで？」

「いえ。そこの堀で待っていました」

「じゃあ、うちから出て来たのを見たことはないんだね」

「ええ。でも、一度、帰りが遅いのでここの門まで来たことがあります。そしたら、黒板塀の脇の路地から出てきました。裏口から出てきたと言ってました」

「そう」

女将が暗い顔をした。

「何か」

「女中が出入りするのはここだよ。黒板塀の脇の路地から出て来たのは、うちからじゃないよ」

「………」

周次郎は全身が凍《こお》りついたようになった。

「おまえさんには気の毒だけど、おきみさんはうちをやめて、どこか別の場所で働いていたようだね」

「そんな」

周次郎は心ノ臓が締めつけられるようになっていた。

「だって、おきみは『たちばな』で働いていると……」

あとの言葉は続けられなかった。

いたたまれずに、

「失礼します」

と、駆け出した。

門を出てから、周次郎は胸を掻きむしった。おきみは嘘《うそ》をついていたのだ。なぜ、『たちばな』をやめたことを言わなかったのだろうか。

まさか、ほんとうのことを言えないような場所で働いていたのでは……。

いつぞやおきみが出て来た路地に目をやった。この先に、おきみがほんとうに働いていた場所があるのだ。

周次郎はそこに足を踏み入れた。黒板塀沿いに奥に向かう。塀が途切れると、どこかの商家の裏手に出た。

そこは蛤町《はまぐりちょう》に変わっていた。大島川《おおしまがわ》のほうに行くと、間口の狭い小さな呑み屋がいくつか並んでいた。

どういう種類の店かすぐわかった。二階で、女が男の客を相手する店だ。

（まさか）

周次郎は目が眩《くら》んだ。

おきみはこのような店で働いていたのだろうか。周次郎はよろけるように『楓家《かえでや》』という店に近づく。

戸がいきなり中から開いて、女が顔を出した。

「まだ、ですよ」

化粧をしていない顔は肌が荒れて、小皺《こじわ》も目立つ。

「ちょっとお訊ねしたいのですが、こちらにおきみという女がおりませんでしたか」

「おきみなんて知らないね」

「二十八歳で、富士額の女です。最近、やめたかもしれません」

「ああ、おふじさんかも」

「おふじ？」

「おふじさんなら急にやめていったわ」

「どこに行ったかわかりませんか」

「おまえさんは？」

女が警戒ぎみにきく。

「おきみの亭主で、周次郎と言います」

「おふじさんがおきみさんだと言うのかえ」

ちょっと待っててと言い、女は奥に引っ込んだ。

少し時間がかかって、狐顔の年配の女を連れてきた。女将のようだ。

「おまえさんかえ、おふじのご亭主は？」

「おきみの亭主です。周次郎と申します。おきみはここで働いていたんでしょうか」

「おふじがおきみさんかどうか知らないよ。おきみさんにどこか特徴は？」

「ここ、うなじに黒子《ほくろ》があります」

周次郎は自分の首のうしろに手をやった。

「ふたつ？」

「そうです。ふたつ並んでいました。おふじさんにも？」

「ええ。いつも五つ半には白粉《おしろい》を落としていそいそと帰って行ったけど、おまえさんが迎えに来ていたんだね」

「おきみは客をとっていたんですかえ」

声が震えるのが自分でもわかった。

「ええ。白粉をたっぷり塗りたくっていたのは素顔を隠したいからだったのね。よく、年取った女が皺を隠すために塗りたくるように塗っていたから」

おきみはずっと俺に嘘をついてきたのだ。

「おきみは急にやめると言い出したのですか」

「いえ、ひと月ぐらい前からかしら。そろそろ、やめたいと言い出してね。うちじゃ稼ぎ頭だからなんとか引き止めたんだけど」

「やめて、どうするのか話していませんでしたか」

「自分のことは何も言わなかったからね。ただ、おふじに熱心な客がいてね。もしかしたら、その客と……」

女将は言いすぎたと思ったのか、あわてて口を押さえた。

「親しい客がいたのですね」

「ええ」

「誰ですか」

「梅助と名乗っていたわ」

「梅助……」

父が言いかけた名だ。たまたま、同じ名だったのか。それとも、父が口にした男と同じ人間か。

梅助とは何者なのか。おきみは梅助とどこかに行ってしまったのか。周次郎は息苦しくなって、またどうしようもなく胸を掻きむしった。

五

昼の八つ（午後二時）を大きくまわっていた。風が吹き、雲が流れている。天気が変わるかもしれない。

旗本及川辰右衛門の屋敷の前で、弥之助は保二郎と待っていた。長屋門の横にある門番小屋から門番の侍がこっちを気にしていた。

幾つもの乗物をやり過ごした。他の大名や大身の旗本が下城してきているので、そろそろ及川辰右衛門が帰って来る頃だ。

神田橋御門のほうからまた乗物がやって来た。

「あの紋所は及川さまだ」

保二郎が身を乗り出して言う。

「よし」

弥之助は下腹に力を込めた。

ゆっくり乗物がやって来る。弥之助は両刀を外し、保二郎に預けた。

乗物が門に近づいたとき、弥之助は腰を落としながら向かった。警護の武士がさっと駆け寄った。

「無礼者」

乗物から少し離れた場所で腰を落とし、

「小普請組の高岡弥之助にございます」

と、弥之助は大声で訴えた。

「ええい、立ち去れ。立ち去らねば、斬る」

「御支配さま。高岡弥之助の話をお聞きくださいませ」

「このような真似が許されると思うのか」

警護の侍が抜刀した。

「どうぞ、お話をお聞きくださいますようお願い申し上げます」

「去らぬなら」

警護の侍が剣を構えた。

「どうぞ、御支配さまに」

「黙れ」

侍が斬りかかった。腰を落としたまま、上体をそらして剣先を避け、第二の太刀も座ったまま避けた。

「おのれ」

もうひとりの侍がかっとして斬りつけようとした。

「待て」

突然、乗物から声がした。

引き戸の連子窓から覗いていたようだ。

乗物が下ろされ、陸尺《ろくしやく》が引き戸を開けた。色白の武士がこっちを見ていた。

及川辰右衛門だ。

「小普請組の高岡弥之助にございます」

弥之助はもう一度、訴える。

「何ごとだ?」

「ただ、一目お目にかかりたく、非礼を顧《かえり》みず……」

「黙れ」

辰右衛門が声を張り上げた。

「それだけのことで乗物を引き止めたのか」

「はい」

弥之助は黙って辰右衛門に顔を向けた。口を開けば、すべてが言い訳に聞こえる。ただ、顔を見てもらい、真摯《しんし》な心をわかってもらおうとした。

だが、辰右衛門は非情に言う。

「行け」

「はっ」

陸尺が引き戸を締め、乗物を担いだ。

「御支配さま」

弥之助は呼びかける。

だが、二度と停まることなく、門の中に消えて行った。

門前に、弥之助だけが残された。立ち上がる気力がなかった。

「行こう」

保二郎が呼びにきた。

弥之助は立ち上がって袴《はかま》の土を払った。

「どうだった？」

「だめだ。手応えはなかった」

「黙ったままで、わかってもらおうなんて無理なことだったんだ。泣いてでも訴えればよかったのではないか」

「言い訳は逆効果だと思った」

「そうだな」

保二郎は応じてから、

「しかし、乗物を停めて引き戸を開けてくれたんだ。ひょっとして、脈があるかもしれんぞ。思いは通じたかもしれない」

確かに、その点では期待が持てるかもしれない。名乗ったあとで、乗物を下ろしたのだ。もしかしたら、及川辰右衛門の心に何かを訴えかけられたのかもしれない。そう明るい見通しを立てた。

「きっとわかってくれる」

「だからといって、御番入りを許してはくれまい」

「甲府勤番を避けられるだけでもよしとすべきだ」

「そのとおりだ」

弥之助は頷いた。御番入りは、今叶わなくてもいつか好機がめぐってくるだろう。だが、甲府勤番になれば、もう二度と江戸に戻れないのだ。その事実が、幾度も胸をしめつける。

「保二郎のほうはどうだ?」

「見通しは暗い。ただ」

保二郎が少し困ったような顔つきで、

「養子の話が出ている」

「養子だって? じゃあ、光石家はどうするんだ?」

「まだ、決まったわけじゃないさ。そういう話もあるということだ」

保二郎の兄は早世していて、光石家の跡継ぎは保二郎だ。その保二郎が養子に行ったら光石家は断絶する。

「ただ、父も母も光石家の存続には拘《こだわ》っていないんだ。それに相手は五百石の旗本だしな」

「しかし……」

「おまえだって、場合によってはそのことも考えてもいいかもしれぬ」

「どういうことだ？」

「おまえは仁村先生に気に入られている。先生はおまえを養子にして道場を継がせたいという気持ちがあるらしいではないか」

仁村十右衛門からそのような話を聞いたことはある。だが、現実的な話ではなく、聞き流していた。

筋違橋《すじかいばし》に差しかかって、弥之助はふと足を緩めた。

今まで考えもしなかったことが頭の中をかけめぐった。もし、御支配があくまでも甲府勤番にするつもりなら士籍を返還し、仁村家に養子に入るのも一考かもしれない。そうすれば、るいと江戸で暮らせるのだ。

いや、痩《や》せても枯《か》れても俺は直参だと、弥之助は思い直す。保二郎の場合は光石家がなくなったとしても、直参の身分であることは同じだ。

「弥之助。どこかで呑んで行くか」

保二郎が誘った。

「すまない。ちょっとこれから」

「るいどのか」

「うむ。急に会いたくなったんだ」

弥之助は正直に答えた。

「それじゃ無理強いは出来ぬな」

保二郎は苦笑して言う。

「すまない。せっかく、付き合ってもらったのに」

「気にするな。じゃあ、明日、道場で」

保二郎と別れ、弥之助は来た道を戻り、八丁堀に向かった。


夕方に、弥之助は八丁堀の青柳剣一郎の屋敷に着いた。

剣一郎も、兄で吟味方与力見習いの剣之助《けんのすけ》もまだ帰っておらず、屋敷にいるのは母の多恵《たえ》と剣之助の妻女志乃《しの》であったが、多恵と志乃はこの時間でも訪れる来客の相手をして忙しそうだった。与力の屋敷には陳情だけでなく、何か起こった際に善処を願おうと付け届けを持って大名家の留守居役もやってくるそうだ。

内庭に面した部屋で、弥之助はるいと過ごした。

「るいどの、お訊ねしてよろしいでしょうか」

弥之助はおそるおそる切り出す。

「なんでしょう?」

「その後、及川さまのほうから何か言ってきましたか」

「いいえ。お断りの返事をしてから、何もありません」

るいは答えてから、美しい眉を寄せ、

「弥之助さまのほうに何か」

「いえ」

「弥之助さま。隠し事はなさらないで」

るいはきっぱりと言う。

「私のせいで御番入りが難しいのでしょう。ほんとうに申し訳なく思っております」

「いいえ。あなたのせいではありません」

「でも、私と出会いさえしなければ……」

「私が御番入りを果たしたいと願っているのは、あなたを妻に迎えたいからです。無役の者の妻にして、苦労をかけさせたくないのです」

「私は弥之助さまといっしょなら、どのような苦労も厭《いと》いはしません」

「るいどの」

弥之助はるいの手を握った。胸の底から込み上げてくる感動と同時に、五体を引き裂かれるような苦しみに襲われた。無役どころではないのだ。甲府勤番になるかもしれない。

「弥之助さま。何があったのですか。仰ってください」

るいはやはり弥之助の異変に気づいていた。

「じつは……」

言いよどむ。

「どうぞ、仰ってください」

「もしかしたら、私は甲府勤番を命じられるやもしれません」

「甲府勤番？」

「甲府城の警護の任務です。そこに行ったら二度と江戸に戻れないと言われています」

「生涯を甲府で暮らすのですか」

「そうなります」

「甲府、いいではありませんか」

「えっ？」

「弥之助さまといっしょならどこでも仕合わせに暮らせます。それに、甲府という土地にも興味があります」

「甲府は山が近く、いいところでしょう。でも、江戸で生まれ育った者が生涯を過ごすことが……。あなたを、そんなところに連れていくわけには参りません」

「いえ、私は弥之助さまの行くところならどこにでも参ります」

「ありがとう」

　弥之助は膝を進め、るいの手を引き寄せた。

「るいどの。私はあなたを離したくない」

　弥之助はるいの肩を抱き寄せた。

「まだ、甲府勤番になると決まったわけではありません。でも、もし、そうなったら、私は……」

　弥之助は言いさした。

「いえ、なんでもありません。ただ、どんなことがあろうと、私はるいどのを守っていきます」

「うれしゅうございます」

襖《ふすま》の向こうにひとの気配がした。

「るいさん」

「あっ、ちょっとお待ちを」

弥之助とるいはあわてて離れた。

るいは襟元《えりもと》に手をやり、

「義姉《ねえ》さま。どうぞ」

と、声をかけた。

「失礼します」

襖が開いて顔を出したのは、剣之助の妻女の志乃だった。るいとは実の姉妹のように仲が良い。

「お義父上《ちちうえ》がお帰りになりました」

「もう、そんな時間ですの」

そういえば、部屋の中は薄暗くなっていた。

「もしよろしければ、おいで願いたいと、義父が申しております」

志乃が言う。

「わかりました。これからお伺いいたします」

「では、そのようにお伝えいたします」

志乃は立ち去った。

「行ってきます」

「私も」

るいも立ち上がった。

剣一郎の部屋に入った。

左頬の青痣が精悍《せいかん》な雰囲気を醸《かも》しだしているが、涼しげな目が弥之助をやさしく迎えてくれた。それでも、その風格の前に自然に頭が下がる。

「お邪魔しております」

「よく来てくれた」

剣一郎はうれしそうに言う。

「るい。どうした、何か言いたげだが」

剣一郎がるいを見た。

「父上」

るいが厳しい顔で剣一郎を見つめる。

「私は弥之助さまとどこまでもごいっしょしたいと思っております」

「うむ?」

いきなり、るいが言い出したので、剣一郎は訝《いぶか》った。

「私は弥之助さまといっしょに甲府に行くつもりです」

剣一郎が弥之助に顔を向けた。

「申し訳ありません。じつは、甲府勤番の話が出ているようなのです。もし、甲府勤番になれば、二度と江戸に戻れないということです」

「あの件が問題になったのだな」

江戸で起きた連続殺人は信州浅間藩に関わりがあったが、その事件の解決に剣一郎が乗り出した際、弥之助が手を貸したのだ。

「あれは、奉行所に手を貸してくれたものであり、なんら問題になることではない。及川どのの難癖に過ぎない」

剣一郎は沈んだ表情で、

「わしが及川さまにお会いして弁明しよう」

と、言ってくれた。

「青柳さまにそこまでしていただいては……」

「元はといえば、わしに手を貸してくれたために起きたこと」

「私が勝手に手を貸したことでございます」

「いや、我らのために働いてくれたことは紛《まぎ》れもないこと。わしにも関わりあることだ」

「申し訳ありません。じつは、昼間、下城してきた及川さまの乗物に強引に近付き、お目通りを願ってしまいました」

「なに、そこまでしたのか」

「はい、乗物をお停めになり、引き戸を開けてくださいました。私はただ名乗っただけで、及川さまには内心で真情を訴えました」

「うむ」

「ただ、私の思いが通じたかどうかは疑問です。いえ、無視されたと言ったほうが当たっているかもしれません」

「及川さまは一廉《ひとかど》の人物だそうだ。いくら倅のことがあろうが、そこまで公私を弁《わきま》えられないお方ではあるまい。だが、無礼打ちになっても止むを得ない所業であったぞ」

「はい」

弥之助は、今になって竦《すく》みあがる思いだった。

「我が身に恥なくば、堂々と現実を受け入れよ。それを試練とすることで道は開ける」

「肝《きも》に銘《めい》じておきます」

剣一郎の言葉は希望をもたらした。

「るい、じきに剣之助も帰ってこよう。酒宴の支度《したく》をいたすように」

「はい」

るいは明るく答えて立ち上がった。

弥之助も心の中でもやもやしたものがすっと消えて行くのを感じた。

るいと入れ代わって、多恵が顔を出した。

「及川さまの使いのお方がお見えでございます」

「及川さま?」

剣一郎が訝しげな顔をして立ち上がった。

しばらくして、剣一郎が玄関から手に文《ふみ》を持って戻ってきた。

「及川さまから何か」

弥之助は不安を抑えてきいた。

「明日、屋敷に来てもらいたいとのことだ。ちょうどよい、行ってくる」

剣一郎の当惑した表情に、弥之助は再び動悸《どうき》が激しくなっていた。

第二章　決断

一

朝早くに、腰高障子が開いた。

周次郎はまだ寝床にいた。枕元には空《から》の徳利《とつくり》が転がっている。ゆうべは近くの居酒屋から帰って来て、また呑みはじめたのだ。

誰かが入って来た。頭の芯が痛い。目を開けたが、枕屏風《まくらびようぶ》に隠れて土間に立ったのが誰かはわからない。大家だろうと思いながらも、なかなか起き上がれない。

「周次郎」

その声は……。

やっと、体を起こす。目眩《めまい》がした。

「兄さん」

自分の声が頭の奥に響いた。

「なんだ、このざまは」

周太郎が露骨に顔をしかめた。

「すみません」

周次郎は土間におり、台所の水瓶から杓《ひしゃく》で水を汲んで飲んだ。口許から水がこぼれた。上がり框に腰をかけた周太郎が、冷たい目で見ているのがわかった。

周次郎は部屋に戻り、周太郎の前に腰を下ろした。

「おきみさんとか言ったな。どうした？」

「…………」

「どうした、おきみさんはもう出かけたのか」

「出て行った」

「出て行った？」

「お弔いを終えてここに帰ってきたら、おきみはいなかった」

「どういうことだ？」

「わからない。おきみは俺に嘘をついていたんだ」

周次郎は呻《うめ》くように言う。

「嘘だと？」

「『たちばな』っていう料理屋で働いているって言っていたけど、ほんとうはいかがわしい店で働いていたんだ」

「いかがわしい店？」

また、吐き気を催《もよお》した。いや、二日酔いではない。おきみのことを考えると、胸の辺《あた》りが不快になるのだ。

「岡場所か」

「そうだ。俺はずっと騙されてきた。ちくしょう」

「で、そのことがばれて、おきみさんは出て行ったのか」

「違う。出て行ったあと、『たちばな』に行ったら、働いていないことがわかった。実際は、『たちばな』の裏にあるいかがわしい店で働いていた」

「そうか。それで、荒れていたのか」

「最初は、兄さんがおきみに因果《いんが》を含ませたのかと思った。だが、違っていた。おきみは俺と別れる機会を窺《うかが》っていたんだ。だから、お父っつあんのことで俺が留守している間に逃げ出したんだ」

「おまえに『甲州屋』に戻ってもらいたいから、おきみさんは泣く泣く別れたのではないか」

「違う。おきみには親しい男がいたらしい。その男といっしょだ」

「親しい男？」

「梅助っていう男だ」

「梅助？」

周太郎の表情が一瞬曇《くも》ったように見えた。

「兄さん、知っているのか」

「いや」

「三十半ばぐらいの渋い感じの男だそうだ。眉尻がつり上がっているそうだ」

「…………」

「兄さん。教えてくれ」

「知るわけはない」

周太郎は強い口調で言ってから、

「この際だから、帰って来い」

と、言う。

「俺は『甲州屋』の家訓に異を唱えて勘当になった身だ。そんなところに戻れるはずはないだろう。今度は兄さんと対立するようになってしまうかもしれない。そんなことになるのはいやなんだ」

「家訓を変えねばだめだと言うのか」

「少なくとも、俺はあの家訓にはついていけない」

「そうか。だが、あの家訓のおかげで、『甲州屋』は今日まで続いてきたのだ」

「でも……」

「まあいい。このことは改めて話し合おう。それより、きょうは別のことでやって来た」

「なんだえ」

「じつは、叔父《おじ》さんがやって来て、俺にこんなことを言ったんだ。兄さんは、周次郎に何かを話さなかったかと」

「………」

顔色が変わるのを必死で抑えた。

「なぜ、そんなことを?」

「さあ、わからない。が、『甲州屋』の秘密に関することを気にしているようだ」

周太郎は鋭い目で、

「おまえはお父っつあんから何も聞かなかったか」

と、睨《にら》みつけるように迫った。

「何も」

「ほんとうか」

「だって、なぜ、そんな秘密を俺なんかに話さなきゃならないんだ。三年も勘当されていた身だぜ」

「お父っつあんはおまえのことを気にかけていた。ほんとうは勘当を解いて店に戻したかったんだ。だから、おまえに秘密を告げたと思ったんだ」

「もし、そうだとしても、兄さんに告げずに、俺だけに告げるような秘密ってないんだ。少なくとも、店とは関係ないんじゃないか」

「…………」

「第一、叔父さんが、なぜ秘密を俺に話したかを気にするんだ。叔父さんだって『甲州屋』の秘密を知っているんじゃないのか」

「確かに、そうだが……」

周太郎は気弱そうに答えた。

「兄さん。それより、梅助という男を知っているんじゃないのか」

「知らないと言っただろう」

「嘘だ。知っているって顔だ。教えてくれ」

周次郎はむきになった。

「知らないと言っているんだ」

周太郎は怒ったように言う。

「そうか……」

「梅助を知っていたらどうするつもりなんだ。おきみさんを捜しに行くのか」

「…………」

「おきみさんは、おまえから去って行ったんだ。未練がましい」

周次郎は呻いた。

「帰って来い。お父っつあんの願いでもある」

「兄さん。今は無理だ。ほんとうは、おきみが俺を見捨てて行ったとはどうしても思えないんだ。この三年間、俺を支えてくれた」

おきみは好きな男が出来て、俺を捨てて出て行ったと思った。だが、さっきの様子から兄は梅助を知っているようだ。

やはり、梅助は『甲州屋』の差し金で、おきみを俺から引き離しにかかったのではないか。父かもしれない。

　岡場所で働いていたのをおきみが俺を裏切っていると思っていたが、逆だ。自分の体を汚してまで、俺を支えてくれたのだ。どんなに仕事で疲れていようが、俺のために飯の支度もしてくれた。俺のために尽くしてくれたおきみが、たった一カ月ぐらい前に現われた男といっしょに、俺から逃げるなんて考えられない。

「だが、おまえを騙していたんじゃないのか」

「それは……」

　身を売って俺に尽くしてくれていたのは、いつか俺が『甲州屋』に戻る日がくると信じ、それまで支えてやろうと思っていたのに違いない。

「まあ、急がなくてもいい。落ち着いたら帰って来い。また、来る」

　周太郎は立ち上がった。

「兄さん。すみません」

「あまり酒に逃げるな。体を壊しちゃ何にもならない」

「わかっている」

　周太郎は引き上げて行った。

　周次郎はひとりになって、改めておきみがいなくなった悲しみに襲われた。胸の空洞に冷たい風が吹き抜ける。

どうしても、おきみが自分を裏切ったとは思えなかった。周次郎のためを思い、自ら身を引いたのではないか。

あんないかがわしい商売をしていたと知ったときには激しい衝撃を受けたが、今になって思えば、それでしか金を稼ぐことが出来なかったのではないか。一年前から身を売っていたことを隠し、この三年間を支えてくれたおきみのやさしさに偽りはなかったはずだ。

梅助という男と去って行ったのは、あくまでも自分と別れるための方便だったのではないかと思えてならない。

そう思うと、ますますおきみに会いたくなった。なんとしてでも、捜すのだ。

おきみをこのままにしてはいけない。

だが、おきみの手掛かりは何もない。しいて言えば、梅助だ。そう思ったとき、兄の態度が蘇《よみがえ》った。

梅助の名を出したとき、微かに顔色が変わった。梅助のことを知っているのではないか。もちろん、同名の別人かもしれない。

だが、兄が何か隠していることが気になる。梅助がどんな人間か、知りたいと思った。おそらく兄にきいても教えてくれない。

叔父は何か知っているかもしれない。そう思ったのは、父が秘密を抱えていることを知っていたからだ。

よし、叔父に会いに行こうと思って立ち上がりかけたとき、腰高障子が開いて、大家が入って来た。

「周次郎。話がある」

「へい」

大家はさっきまで周太郎が座っていた上がり框に腰を下ろした。

「ゆうべはずいぶん荒れていたようだな」

「私は、おきみが『たちばな』で働いているとばかり思ってました。そしたら、『たちばな』にはいなかったんです」

「…………」

「おきみが働いていたのは蛤町のいかがわしい店でした。そこで客をとっていたんです。身を売って……」

またも、興奮してきた。

「そうらしいな」

大家は頷く。

「知っていたんですかえ」

「別れの挨拶にきたとき、おきみさんから聞いた。だから、おまえといっしょにいる資格はないのだと言っていた」

「そんな」

「おきみさんはおまえに『甲州屋』に戻って欲しいそうだ。おきみさんのためにも、いつまでもぐずぐずしてないで」

「大家さん。私には出来ません。この三年間、身を犠牲にして私を養ってくれた。苦労ばかりさせて、このまま、はいさよならなんて、私には出来ません」

「おきみさんが望んだことだ」

「本心じゃねえ。私より年上だってことを気にして。俺なんか、そんなこと、気にしちゃいなかった。身を売っていたことは心ノ臓が破裂するかと思うほどの衝撃でしたが、そこまでしても私を……」

周次郎は胸の底から込み上げてくるものがあった。

「周次郎」

大家が痛ましげに声をかけた。

「じつはな、自分が出て行って五日経ったら渡してくれと、おきみさんからこれを預かったんだ」

「なんですね」

大家が寄越したものを受け取った。

「お金……」

周次郎ははっとした。

「俺が両替してきた。十両とちょっとある」

「これ、なんですね」

周次郎は目を剝いた。

「おきみさんが稼いで、おまえのために貯めたものだ」

「………」

周次郎は口をあえがせたが、声にならなかった。

「おきみさんの気持ちを無にするな。『甲州屋』に帰るように、俺からも言い聞かせてくれと頼まれた」

「おきみ……」

おまえはばかだ、ばかだと、周次郎は内心で言う。

俺がおまえなしでは生きていけないことを知っていたはずだ。それなのに、なぜ俺の前から去って行ったんだ。

周次郎は嗚咽《おえつ》を漏らした。

「周次郎。おきみさんは江戸を離れたはずだ」

「えっ？」

「江戸にはいないんだ。五日経ったらと言ったのは、その頃には江戸を遠く離れているからだ」

「どこへ行ったんですかえ」

「教えてくれなかった。ただ、江戸を離れたのは間違いない」

周次郎は顔から血の気が引くのがわかった。江戸にいさえすれば、何年かかろうと盛り場を捜せば、きっと見つけだせる。

だが、江戸を離れていたらお手上げだ。捜す手立てとてない。おきみは江戸の生まれだ。生まれ在所に帰ったはずはない。

「周次郎。おきみさんの思いを無にするんじゃねえ」

「へい」

大家は引き上げた。

手掛かりはある。叔父だ。叔父なら梅助を知っているだろう。気がついたとき、周次郎は立ち上がっていた。

叔父の店は池之端仲町《いけのはたなかちょう》にあった。『甲州屋』の暖簾分けの店で、『下谷甲州屋』という質屋であった。

周次郎は客間で、叔父の周之助《しゅうのすけ》と差し向かいになった。今年は本厄《ほんやく》だと言っていたから、周之助は四十二歳になるはずだが、顔の色艶もよく、若々しい。濃い眉に、亡き父に似た鋭い眼光は精力的な印象を受ける。

「叔父さん。その節はごくろうさまでした」

父の葬儀に出てくれたことに礼を言う。

「うむ。通夜、葬儀とあわただしく過ぎて、おまえとじっくり話す機会がなかったが、最後に、勘当が解けたそうで、よかったではないか」

「はい」

「店には戻らんのか」

「私は『甲州屋』の家訓に異を唱えて勘当になった身です。そんなところに戻れるはずはありません」

兄に語ったことと同じことを言う。

「そうか」

「叔父さん。ちょっとお伺いしたいことがあるのですが」

「なんだ?」

「叔父さんは梅助という男を知りませんか」

「梅助?」

叔父の顔色が変わった。

「どうして、その名を? ひょっとして、兄さんから聞いたのか」

「違います」

父から聞いたことは隠しておいたほうがいいと思った。

「お恥ずかしい話ですが、お父っつあんのことで『甲州屋』に泊まり、何日か振りで長屋に帰ったら、いっしょに暮らしていた女が家を出て行ってしまったあとでした。調べたら、客で来ていた梅助という男といっしょにどこかに行ってしまったというのです。この話を、兄さんにしました。そしたら、梅助の名を聞いた兄さんの顔色が変わったような気がしたんです。でも、兄さんは梅助を知らないと言いました。もしかして、知っていて隠しているのではないかと思い、叔父さんにきけば何かわかるのではないかと思ったんです」

「そうか。残念ながら、わしも知らない」

「そうですか」

「周次郎。兄さんもおまえには『甲州屋』に戻ってもらいたかったのだろう。なんとか戻れんのか」

「その気はありません」

「そうか」

ふと、思いだしたように、

「おまえのお父っつあんは勘当を解く話以外に何か、おまえに話さなかったか」

「いえ」

秘密の件だと思ったが、周次郎はとぼけた。

「ほんとうだな」

「はい」

そこに、番頭らしき男が周之助を呼びに来た。それを潮に、周次郎は立ち上がった。

下谷広小路を歩きながら、周次郎はあることに気づいた。

梅助は父の命を受けて、おきみに会いに行ったのではないか。父がおきみを周次郎から遠ざけたのだ。

周次郎は往来の真ん中に立ち止まり、なぜ、父がそんな真似をしたのかを考えていた。

二

風烈廻り与力の剣一郎は同心の礒島源太郎と大信田新吾とともに朝から町廻りに励み、夕方になって本郷から湯島《ゆしま》の切通《きりとお》しに出て池之端仲町にやって来た。

最近は雨が少ない。強い風が土埃を巻き上げていた。

池之端仲町は不忍池《しのばずのいけ》に面した町で、左手に並ぶ商家の建物が途切れた間から池が望める。その仲町の真ん中辺りに差しかかったとき、不忍池のほうから男が一目散に走ってきた。新吾があっと声を上げた。ぶつかりそうになってあわててよけたが、男の腕が羽織《はおり》の袖《そで》に触れたようだ。

「危ないではないか」

だが、男は何も言わずに駆けだして行った。

「待て」

新吾が憤慨したが、男は振り返りもせず、下谷御数寄屋町《おすきやちよう》の角に消えた。

「なんて奴だ」

「ずいぶん、あわてていたな」

源太郎が顔をしかめてひと言も挨拶をしない男が消えた方角を見ていた。細身の撫《な》で肩の男だ。

剣一郎は新吾の羽織の袖に目をやり、

「新吾。袖を見せろ」

「袖ですか」

怪訝そうに、新吾は腕を上げて袖を見た。

「これは……」

「血ではないか。行ってみよう」

剣一郎は男がやって来た路地に向かった。源太郎と新吾もついてくる。

不忍池の辺《ほとり》に出た。料理屋や出合茶屋が並んでいる。

「辺りを捜すのだ」

剣一郎は命じる。

源太郎や新吾、それに供の若党や小者たちも散らばった。剣一郎も出合茶屋から離れた場所に足を向けた。

さっきの男の様子では、そんな遠くから逃げて来たようには思えなかった。

「青柳さま」

背後で、源太郎の声がした。何かを見つけたらしい。

剣一郎は反対方向に急いだ。出合茶屋の近くにある木立の陰に、ひとが倒れているのがわかった。

遊び人ふうの三十半ばぐらいの男だ。えらの張った顔だ。さっきの男の仲間かもしれない。

「心ノ臓と脾腹《ひばら》を刺されています」

源太郎が亡骸《なきがら》を見て言う。

剣一郎は傷を見た。

「最初に脾腹を刺し、留《とど》めに心ノ臓を突いたようだ」

「さっきの男でしょうか」

「いや、的確に刺している。あのように狼狽《ろうばい》している者には出来ない。沈着冷静な人間の仕業だ」

剣一郎は自身番に知らせるように小者のひとりに告げた。あとは、定町廻り同心の役割である。

下っ引きがやって来て、やがてこの界隈《かいわい》を縄張りとしている南町定町廻り同心の堀井伊之助《ほりいいのすけ》と手札を与えている忠治《ちゆうじ》がやって来た。

「青柳さま」

伊之助は剣一郎に挨拶をする。伊之助は四十近い熟達の同心だ。眠っているような細い目ながら眼光は鋭い。

剣一郎は死体を見つけた経緯を話してから、

「新吾に触れて逃げて行った男は三十過ぎ、細身で撫で肩の男だ。顎《あご》の長い顔で、目はつり上がって細かった」

と、告げた。

「わかりました。それだけの特徴があれば、捜すのはたやすいかもしれません」

伊之助は答える。

「では、我らはこれで」

「はっ」

剣一郎たちはその場から離れた。

その夜、剣一郎の部屋にるいがやって来た。

「父上。よろしいでしょうか」

「うむ、入りなさい」

剣一郎はるいの用件はわかっていた。少し、気が重かった。

差し向かいになるなり、

「及川さまのご用件はいかがだったのでしょうか」

と、心配そうにきいた。

及川辰右衛門の使いが来たのは一昨日《おととい》のことだった。それで、きのう、神田橋御門外にある旗本及川辰右衛門の屋敷を訪ねた。

客間にて、剣一郎は辰右衛門と忌憚《きたん》なく話し合った。

「及川さまの用件はやはり、るいのことだ。及川さまは弥之助とるいを別れさせられないのかときかれた」

「まあ」

るいは目を見開いて表情を曇《くも》らせた。

「うちの伜を断り、高岡弥之助と縁組するのは承服しかねるとのお話であった。だから、るいと高岡弥之助との婚姻はこのまま進めさせていただきたいとお願いした」

「及川さまはなんと？」

「いや、あとは何も喋《しゃべ》らなかった。わしが一方的に、弥之助のことを話した。文武に優れ、ひととしても真の心の持主であることを訴えた。だが、及川さまの胸に届いたかどうかはわからぬ」

「甲府勤番に出すおつもりでしょうか」

「わからぬ。いちおう、浅間藩との問題は、奉行所の手伝いをしてくれたことだと説明した」

「わかってくださったのでしょうか」

「いや。及川さまにとって、そのことが問題ではないのだ。なんにでもこじつけることが出来る」

「では」

「心配いたすな」

「でも」

「よいか、るい。そなたは弥之助を信じてどこまでもついて行くがいい。仮に、甲府であってもだ」

「はい。そのつもりです」

「それでよい。何があろうがうろたえたり、迷ったりするでない」

「はい」

るいは頷いてから、顔を上げ、

「もし、甲府に行くようになったら二度と江戸に戻れないそうでございます」

「今から、そのような心配をしてもはじまらん。仮に、甲府に行くようなことになっても、父が必ず江戸に戻してやる」

「そのようなことが出来ましょうか」

るいは珍しく疑いの眼差《まなざ》しを向けた。

「父を信じよ」

「はい。わかりました。お願いいたします」

その言葉を気休めとしか思えなかったのだろう、るいは何か言いたげに口を開いた。が、父の表情に何かを見てとったのか、それとも、言っても無駄だと諦めたのか、るいは開きかけた口を閉ざした。

るいが下がってから、剣一郎は表情を曇らせた。

入れ代わるように、多恵がやって来た。

「屈託がありそうでございますね」

　多恵が顔色を読んできいた。

「及川さまはやはりお怒りなのでしょうか」

「いや、そうではないが……」

　剣一郎は曖昧《あいまい》に答える。

　多恵はそれ以上はきこうとしなかった。剣一郎の言葉や声音、表情から何かを察したのかもしれない。

「仮の話だ」

　剣一郎は切り出した。

「弥之助が甲府勤番になったら、るいを甲府に行かせるか」

　一拍の間があったが、

「るいが望むなら」

　と、多恵は答えた。

　一拍の間は、るいを甲府に行かせるかどうかより、弥之助が甲府勤番になるということに戸惑いを覚えたようだ。

「そうなるのでしょうか」

「仮の話だ」

「今まで、仮の話などしたことはないように思えますが」

多恵が鋭く言う。

「るいにも話したが、弥之助が仮に甲府勤番になろうとも、必ず江戸に戻してみせる」

「………」

多恵は沈んだ顔で頷いた。

翌朝、剣一郎は出仕してすぐに宇野清左衛門に呼ばれた。

妹尾別当の件だと思いながら、年番方の部屋に清左衛門を訪ねた。

「宇野さま。お呼びでございましょうか」

文机《ふづくえ》に向かっている清左衛門に呼びかける。

筆を置いて、清左衛門は体の向きを変えた。

「青柳どの。呼び立ててすまない」

「いえ」

剣一郎は膝を進め、

「妹尾別当からはまだ何も言ってきていません」

妹尾別当と会ったときのことはすでに報告してある。

「いや、そのことではない」

清左衛門は気難しい表情で言う。

「何かございましたか」

剣一郎がとっさに思い浮かべたのは、きのうの不忍池の辺で見つかった亡骸である。だが、清左衛門は首を横に振った。

「じつは公用ではない」

「…………」

「及川どのにお会いになったのか」

「はい。お会いいたしました」

及川辰右衛門と弥之助の件は話してある。弥之助が剣一郎に手を貸したことが辰右衛門の誤解を招いたことも、清左衛門は知っている。

「いかがであったか」

「はあ」

剣一郎は曖昧に答える。

「やはり、そうか」

「えっ？」

「及川どのが、高岡弥之助に本気で怒っているという噂がわしの耳にも入った」

「そんな噂が……」

剣一郎は辰右衛門の顔を思いだした。

「そればかりではない。及川どのは、弥之助を甲府勤番にするつもりのようだという」

「…………」

「会った印象はどうであった？」

「はい。噂通りかと」

そう答えるしかなかった。

「そうか。もし、噂通り、甲府勤番となれば、弥之助は一生甲府暮らしだ。江戸に戻ることも許されず、出世とも無縁だ。甲府勤番になって何年か後に逐電《ちくでん》をしている者も何人もいる。弥之助はそのようなところで耐えられるか」

「弥之助には不本意でありましょう」

「そうだ。旗本・御家人に対する懲罰の意味合いが強い。弥之助にはなんの落ち度もない。きっと、弥之助は心が病んでいく」

「………」

「るいどのはどうする？」

清左衛門は心配そうにきく。

「本人はいっしょについて行く覚悟のようです」

「好きな男といっしょなら甲府暮らしも苦にはなるまい。だが、弥之助がいつまでも平静な心持ちで過ごしていけるかどうか疑問だ。いや、無理だ。必ず、理不尽な仕打ちに怒りを持ち、だんだん心がくじけていく。そういう姿が目に浮かぶ。そんな男といっしょにいて、るいどのが仕合わせでいられるわけはない。そうではないか」

「そのとおりでしょう」

剣一郎は当惑しながら答える。

「そこで、考えがある」

清左衛門は身を乗り出し、

「弥之助をわしの養子にしてはどうだ？」

「えっ？」

思いがけない話に、剣一郎は返答に窮した。

「知ってのとおり、わしには子どもがおらぬ。わしが死ねば、宇野家は途絶える。それも止むないと、老妻とも話している。だから、わしのほうは弥之助が養子になってくれたら、るいどのとともに宇野家を存続してもらえる」

「宇野さま」

剣一郎は口をはさむ。

「とてもありがたいお話でございますが、あからさまな甲府勤番逃れと及川さまはかえってお怒りになられましょう。まず、養子縁組の許しが出るかどうか。いや、きっと及川さまは邪魔立てするかもしれません」

「そこまですると思うか」

「はい。甲府勤番に追い込もうとするお方ならそこまでするかと思います。まず、お奉行を介して邪魔立てするでしょう」

「…………」

「おそらく、宇野さまにも何らかの仕打ちを仕掛けてくるやもしれません」

「そうであろうか」

「及川さまと会って私が感じただけですが、ここはこれ以上、及川さまを刺激することは避けたほうがよろしいかと思います」

「そうか。青柳どのがそう言うなら、そうかもしれぬな」

「お心配りは感謝いたします」

　剣一郎は丁重に清左衛門の申し出を断った。

「弥之助が士籍を返還しない限り、甲府行きは免《まぬか》れぬか」

　清左衛門は落胆したが、すぐに目を輝かせた。

「仁村十右衛門道場はどうだ？」

「………」

「確か、仁村どのは弥之助を養子にして道場を継がせたいと言っていたそうではないか。士籍を返還し、町の剣術道場主として生きて行く道もあるのではないか」

「確かに、仁村どのは弥之助を高く買っていて、部屋住みであったなら養子にして道場を継がせたいと仰っていました。なれど、弥之助は高岡家の跡取りでございます。弥之助の父親は直参の矜持《きょうじ》を持ち合わせているのではありますまいか」

「直参の矜持か」

「はい。甲府勤番と直参を捨てる道。親御どのの気持ちはわかりませんが、まだ直参でいたほうが、また浮かび上がる機会も来ると思うかもしれません」

「わしはるいどのを甲府までやりたくないのだ。江戸生まれの江戸育ち。親元を離れ、遠くに行くかと思うと……」

清左衛門は唇を嚙《か》んだ。

「まだ、弥之助が甲府勤番になると決まったわけではありません。ですが、そうなっても必ず江戸に戻れるようにいたします。及川さまは、自分の息子のことで我を失っていますが、一廉の人物であることは間違いありません」

剣一郎はきっぱりと言い切った。

「そうだといいんだが」

清左衛門は声を落とした。

「私は少しも心配していません。では、失礼します」

まだ何か言いたげな清左衛門を残して、剣一郎は引き上げた。

与力部屋に向かいながら、念のために、仁村道場に行き、十右衛門に会っておこうと思った。

三

陽が暮れ、提灯《ちょうちん》や軒行灯《のきあんどん》に明かりが入る頃になってきた。

周次郎は深川蛤町にある『楓家』に来ていた。戸口に、白粉を塗りたくった女が立っていた。この前の女に感じが似ている。化粧していない顔は肌が荒れていて小皺が目立ったが、白塗りの顔は別人のようだ。

近づいて行くと、女も周次郎に気がついた。

「あら、あんたは……」

「へえ。この前、おきみのことでやって来た者です。また、教えていただきたくて」

「部屋に上がる？」

「ええ、いいですぜ」

「そう」

女はうれしそうに周次郎の手をとって土間に引き入れ、

「お願いします」

と、奥に声をかけた。

「さあ、こっちよ」

女に導かれるまま梯子段《はしごだん》に向かい、周次郎は二階に上がった。

三畳ぐらいの狭い部屋に、赤い漆《うるし》がところどころ剝《は》げた鏡台と衣紋《えもん》掛けがあり、僅《わず》かに開いた襖の隙間から敷いてあるふとんが見えた。

「あたし、おのぶ」

「おのぶさんか」

「お酒、呑む？」

「もらおう」

女は障子を開けて廊下に出た。梯子段を下る音がし、やがて上がってきた。女が酒を持って戻ってきた。

「どうぞ」

猪口《ちょこ》を寄越し、酒を注《つ》ぐ。

「おのぶさんもどうだ？」

「いただくわ」

おのぶの猪口に酒を注いで、

「教えてくれないか。おきみ、いや、おふじの客だった梅助って男のことだ」

「いやねえ。そんなに焦らないでよ」

「ああ」

「周次郎さんは何をしているのさ」

「俺は行商だ」

「何を商っているのさ」

「なんでも。小間物、莨、文庫、野菜……」

周次郎は自嘲気味に並べる。

商売を覚えるためだ。いつか、おきみといっしょに小さくてもいいから店を持とうと夢見ていた。

「おのぶさんはここにどのくらいいるんだ？」

「ここは三年、その前は芝《しば》にいたから。あたし、おふじさんと気が合ったのよ」

「そうかえ」

「でも、ご亭主がいるとは言ってなかったわ。弟の面倒を見ていると言っていたわ」

「弟か……」

年下には違いねえがと、周次郎は内心でふてくされる。

「梅助って男について、おふじが何か言ってなかったか」

「そうね、特には……」

「最初から、梅助はおふじの客で来ていたのか」

「そうよ。いつも、おふじさんを呼んでいたもの。以前から、おふじさんを知っていたようね」

「どういうことだ？」

「梅助ってひと、最初からおふじさんが目当てだったもの」

「最初から？」

「ひと月ぐらい前に梅助さんが初めて来たとき、あたしが応対したのさ。さっきみたいに。でも、そのとき、おふじを頼むって」

「たまたまついたおふじを気に入ったのではなくて、はじめからおふじを目当てに来ていたのだな」

「そう」

やはり、梅助は父に頼まれてやって来たのではないか。

「梅助のことで何か気づいたことはないか」

「さあ」

「おふじは、梅助がやってくるのをどう思っていたんだろう。喜んでいたか」

「そんなふうには思えなかった。送り出したあと、浮かない顔をしていたことが多かったわ」

「浮かない顔？」

ますます、梅助は父から頼まれてやって来たのに違いないと思うようになった。

「梅助は幾つぐらいだ？」

「三十半ばって感じね」

「おふじは梅助について行ったのだろうか」

「そんな感じだったわ」

おのぶはにやついて、

「ねえ、そんなことより、遊ぼう。せっかく、上がったんじゃないさ。なんなら、あたしがおふじさんの代わりになってもいいんだよ」

「ありがてえが、まだ、そんな気分にはなれねえんだ。いちおう、おきみ、いやおふじの件はけじめをつけたい。それからだ」

「じゃあ、けじめがついたら、あたしの客になってくれるんだね」

「ああ、そうしよう」

「じゃあ、あとで女将さんにもきいておくよ。梅助ってひと、おふじさんのことで女将さんと話し込んでいたからね」

「やはり、女将は何か知っているのか」

周次郎は腰を浮かした。

「どうしようって言うのさ」

「女将にきいてくる」

「ばかだね。教えるはずないだろう。話すものなら、この前だって話しているよ」

「…………」

周次郎は腰を下ろした。

「折りを見てきいておくからさ」

「わかった。じゃあ、また来る」

また、立ち上がろうとした。

「待っておくれよ。こんな早く帰られちゃ、女将さんに叱られちゃうよ。もう少し、いておくれな」

「金はちゃんと払う」

「お金の問題じゃないのよ。お客を怒らせたんじゃないかって、疑われるわ」

「そうか。じゃあ、もう少し呑むか」

また、おのぶは障子を開けて出て行った。

梅助は父の命を受けて、おきみに俺と別れるように因果を含めに来たのだ。おまえがいなければ、周次郎は『甲州屋』に戻れる。そう言い、おきみに身を引くように迫ったのだ。梅助は『甲州屋』に関わりのある男だ。

父が梅助の名を出したのは、このことを告げようとしたのかもしれない。

梯子段を上がる足音がし、障子が開いた。

「お待ちどおさま」

「長かったな」

「ごめんなさい。女将さんにきいてみたの」

「ほんとうか」

「ええ。でも、なかなか口が堅くて。よほど、お金をもらって口止めされているみたい」

「口止め」

やはり、俺がしつこく捜すと思って梅助は口止めをしていたのかもしれない。

再び、酒を呑みながら、

「ここには泊まっていく客もいるのかえ」

と、周次郎はきいた。

「ええ、お泊まりもあるわ」

「おふじはいつも五つ半（午後九時）ごろには終えていたようだが、そんな我《わ》が儘《まま》がきいたのか」

「おふじさん、器量がいいから、女将さんは特別に許していたのさ。だって、女将さん、おふじさんに亭主がいることを知っていたんだから」

おふじはいつも五つ半に待ち合わせの場所にやって来た。そんな早い時間だから、まさかこのような店で働いているとは思わなかったのだ。

五つ半を過ぎてから、

「じゃあ、引き上げる」

と、周次郎は言った。

銭を多めに払い、

「明日、また来る。女将さんからきき出しておいてくれ」

「わかったわ」

いっしょに梯子段を下り、おのぶに見送られて、周次郎は『楓家』をあとにした。通りには酔客がちらほら目についた。

油堀川に沿って佐賀町に向かう。迎えに行ったおきみといっしょにこの道を帰ったものだ。そのことを思いだし、急に胸の底から込み上げてくるものがあった。思わず立ち止まり、悲しみが遠ざかるのを待った。

楽しかった日々が頭の中をかけめぐる。ときには喧嘩《けんか》をしたこともあったが、いつもおきみが先に謝ってくれた。

おきみが『楓家』で働くようになったのは、たくさん稼ぎ、周次郎に早く店を持たせたかったからだろう。

いつか『甲州屋』に戻れる日がくるとわかっていたら、そこまでがむしゃらにならなかったかもしれない。

長屋に帰った。何の温《ぬく》もりもない。おきみはここを出て行くとき、自分の残滓《ざんし》をすべて消していった。おきみがここで暮らしていたという痕跡すらない。そのことが、さらに切なかった。

調べれば調べるほど、おきみは俺のために身を引いたのだということがよくわかった。おきみ、必ず捜し出す。周次郎は思い詰めた目でいつもおきみが座っていた辺りを見ていた。

翌日、周次郎は朝から大伝馬町にある『甲州屋』の店先が見通せる場所に立っていた。

兄の周太郎、いや今は周右衛門を名乗り、名実共に『甲州屋』の主人になっていたが、その兄が店から出て来たのは、周次郎がやって来て半刻《はんとき》（一時間）以上経ったあとだった。気持ちも違うのか、周右衛門になった兄は風格が出て来ている。以前の弱々しい雰囲気はなくなっていた。

駕籠に乗って出かけて行った兄の周右衛門を見送りながら、なぜ、父は自分を『甲州屋』に戻そうとしたのかを考えた。

自分は『甲州屋』の家訓にそむいた人間だ。その考えが変わったわけではない。なのに、なぜ、呼び戻そうとしたのか。自分が『甲州屋』に戻ったとしても、また同じことの繰り返しになるだけではないか。

それに、兄の周右衛門までが復帰を望んでいる。

単に、自分のことを不憫《ふびん》に思い、手を差し伸べようとしているだけなのか。父や兄も商売人だ。あの家訓でもわかるように、商売においてはかなり冷酷だ。家訓に従わない者は身内でも切り捨てる。だからこそ、『甲州屋』をこれほど大きく出来たのだ。

駕籠が見えなくなってから、周次郎は番頭の幸太郎《こうたろう》を探した。戸口から覗くと、帳場格子に幸太郎が座っていた。客の応対をしていて、話は出来そうもない。

番頭以外の者が梅助を知っているかどうかわからない。幸太郎の手が空くのを待ったが、忙しそうだった。

周次郎は諦めてその場を離れようとした。そのとき、目の端に、幸太郎が立ち上がったのが見えた。

目を戻すと、幸太郎が奥に引っ込んだ。小僧がいたので、幸太郎を呼んでもらった。

しばらくして、幸太郎が出てきた。

「周次郎さん。どうなさったんですか。さあ、中に」

「いや、そうもしていられないんだ。番頭さんは、梅助という男を知りませんか」

「梅助……。いえ、知りません」

あっさり否定した。

「知りませんか」

様子を窺《うかが》ったが、嘘をついているようには思えなかった。

「旦那さまは今、出かけております。もうじき帰ると思いますが、どうぞお上がりになってお待ちください」

「いや、すぐ行かなきゃならないんだ。兄さんはどこに?」

「旗本の勝山さまのお屋敷です」

「勝山彦左衛門さまか」

「はい」

旗本の勝山家と『甲州屋』は特別の間柄だ。

「勝山さまのところにはよく行かれるのか」

「はい。『甲州屋』は勝山さまにだいぶ金をお貸ししております」

ひょっとして、梅助は勝山家の奉公人かもしれないと思った。

「勝山さまの屋敷はどこなんですかえ」

「駿河台《するがだい》です」

「じゃあ、今度、また来ますので」

「どうか。旦那もお帰りをお待ちです」

「ありがとう」

周次郎は『甲州屋』を離れた。

本町通りをまっすぐお濠《ほり》のほうに向かい、今度はお濠に沿って、鎌倉河岸《かまくらがし》から三河町《みかわちょう》を経て駿河台にやって来た。

どこが勝山彦左衛門の屋敷かわからないまま歩き回っていると、兄を乗せた駕籠を見かけた。とっさに身を隠してやり過ごしてから、周次郎は兄が出て来たと思われる屋敷に向かった。

長屋門の横にある潜り戸に門番が立っていたので、周次郎は近づいた。

「恐れ入ります。私は『甲州屋』の手代でございます。私どもの主人周右衛門がお邪魔していると思いますが」

「甲州屋ならちょっと前に引き上げた」

やや親しげに言う。『甲州屋』との付き合いの深さがよくわかった。

「さようでございますか。これは失礼いたしました。あっ、こちらに梅助さんというお方がいらっしゃるでしょうか」

「梅助？　いや、そのような者はおらぬな」

「中間か、下男にも？」

「ちょっと待っていろ」

門番は厳《いか》めしい顔とは違って親切だった。門番小屋の他の人間にもきいてくれた。

「やはり、おらぬ」

戻って来て、門番は答える。

「さいでございますか。わかりました。失礼いたします」

周次郎は引き返す。

門番が隠す必要はないので、やはり勝山家ではないのだ。


その夜、周次郎は『楓家』に向かった。
五、六間（約十メートル前後）先を遊び人ふうの男が歩いていた。細身の撫で肩だ。どうやら、『楓家』に行くようだった。
周次郎は足を緩め、男が『楓家』に消えるのを待った。ひょっとして、男の敵《あい》娼《かた》がおのぶかもしれないと思った。

戸口の前で、男が振り返った。三十過ぎか。頬骨が突き出ている。周次郎の背後を気にしたようだが、何ごともなかったかのように土間に入った。

遅れて、『楓家』に入る。白粉を塗りたくった女が出てきた。おきみもこのように白粉を塗りたくって素顔を隠していたのだろう。

「いらっしゃい」

女が気だるい声で言う。

「おのぶさんは？」

周次郎は半《なか》ば危惧《きぐ》しながらきいた。

「今、お客さんがついたばかりよ」

「馴染《なじ》みか」

「おのぶさんの？　ええ、そうよ。おのぶさん、嬉々《きき》として二階に上がっていったわ。妬《や》けるの？」

女はしなを作り、

「あんな女より、私のほうがきっと満足するわよ」

と、手をとってきた。

「俺は別に妬いたりしない。おふじのことをききにきただけだ」

「おふじさんの？　そう、あんただったの」

「知らないわ。おふじのことを何か知っているのか」

「知らないわ。亭主がいて、通いでしょう。住み込みの私たちとずいぶん身分が違うから、私たちは誰も相手にしなかったもの」

「相手にしなかった？」

「親しくしなかっただけよ。いじめていたのはおのぶさんよ」

「いい加減なことを」

「ほんとうのことよ。女将さんにきいてみたら。だって、おのぶさん、亭主に捨てられて、この道に入ったのよ。だから、いつも亭主のところに帰るおふじさんを妬《ねた》んでいたわ」

　この女の言うことがどこまで正しいかわからない。だが、おきみにとって、過ごしやすいところではなかったろう。

　梯子段を下りてくる音がした。

「あら」

　おのぶがこっちを見た。

「来てくれたのね」

「だめよ。このひと、私につくから」

「何言っているのさ。周次郎さんはあたしの客だよ」

「ほんとうのことを教えてやったよ。あんたが一番、おふじさんをいじめていたってね」

「いい加減なこと、言わないで」

おのぶが金切り声を上げた。

「ずいぶん、意地悪していたじゃないの。おふじさんを何度も泣かして……」

「よくも、嘘を……」

おのぶが土間に駆け下り、女の胸ぐらをつかんだ。

「なにするのさ」

女が向かって行った。

「これ、やめないか」

内証《ないしょう》から狐顔の女将が飛びだしてきた。

梯子段の途中から、さっきの男が顔を覗かせた。頬骨が突き出て、眼下が窪《くぼ》んでいる。陰気臭い感じだった。

「出直す」

周次郎は言い、そのまま店を出た。

店の向かいにある柳の陰の暗がりにふたりの男がいた。暗がりで顔はよくわからないが、なんとなく剣呑《けんのん》な雰囲気に思えた。男たちは『楓家』の二階を窺っているようだった。

だが、周次郎にはふたりのことはすぐ頭から去っていた。またも、五体を引き裂かれるような衝撃を受けていたのだ。周次郎はうなされるように油堀川沿いを歩いた。おきみは『楓家』の朋輩《ほうばい》たちからも疎《うと》ましく思われ、ひどい仕打ちを受けてきたようだ。身を売る屈辱とともに朋輩の心ない態度。それにも耐えてきたのは、偏《ひとえ》に周次郎のためだ。

ますます、おきみが愛おしく不憫《ふびん》になった。

翌朝、棒手振《ぼてふ》りの声で、周次郎は目を覚ました。天窓から明かりが入っている。

どこか胸騒ぎがして起き出し、腰高障子を開けて外に出た。

納豆売りが長屋の住民と話している。

「心ノ臓をひと突きされていたそうですぜ」

周次郎は納豆売りのそばに行き、

「場所はどこだえ」

と、きいた。

「油堀川の千鳥橋《ちどりばし》の近くです」

「千鳥橋？」

「へえ、あっしが見たときはちょうど陸《おか》に引き上げられたところでしたぜ」

「そうか」

自分には関わりないことだ。そう思いながらも、『楓家』の二階を見ていたふたりの男のことがふと頭を過《よぎ》った。

油堀川沿いを千鳥橋に急いだ。

ひとがたむろしていた。岡っ引きの姿もある。周次郎は近付き、野次馬の背後から覗いた。

亡骸には莚《むしろ》がかけられていた。顔を見てみたいと思ったが、へたに勘繰られても困る。迷っていると、同心がやって来た。

岡っ引きが迎え、同心に亡骸を見せる。莚をめくったが、しゃがんだ同心の背中が邪魔をして亡骸の顔は見えない。

周次郎は移動した。ようやく、亡骸の顔が見えた。細面で、顎が尖っている。だが、おのぶのところにやって来た男かどうかはよくわからない。似ているようでもあるし、別人のようでもある。ただ、頬骨が出ているところは似ている。

判断に迷っていると、ふいに莚がかけられた。長屋に戻りながら、だんだんおのぶの客だった男のような気がしてきた。

四

弥之助は仁村道場で、いつものように型稽古《かたげいこ》に励んだ。

師範代の本多三五郎が打太刀《うちだち》、弥之助が仕太刀《し》をとる。左上段から打ち込んできたのを右上段で返し、右上段に対しては左上段から、正眼《せいがん》からの攻撃に対しては正眼からの突きで応戦する。こういった型取りをずっと繰り返す。

最初は地稽古のほうが面白かったが、型の重要さがわかってから型稽古に真剣になった。型を身につけていれば、ふいの攻撃にも十分に対処出来ることを知った。

型を身につけた者が、その型を破り、自分なりの工夫により新たな型を編み出すことが出来るのだ。

「よし、これまで」

「ありがとうございました」

向かい合い、礼をして木剣を戻して道場の隅に戻った。

だが、三五郎がすぐ近づいてきた。

「弥之助。何かあったのか」

「えっ、何がでございますか」

「型が崩れていた」

「えっ？」

「そなたの心に迷いがあるからだ」

「…………」

弥之助は唖然《あぜん》とした。心の中を覗かれたような衝撃だった。

「心の迷いはちょっとした動きにも出る。それはまだ型が完成されていないということだ。型は無の境地を作り、無の境地で型は生きる。型が心を作り、心が型を守る。平常心を保て」

「ありのままにすべてを受け入れよ。その上で、考えることだ」

そう言い、三五郎は去りかけた。

「本多さま」

弥之助は呼び止めた。

「どうか、話をお聞きくださいませぬか」

「弥之助。買いかぶるな。話を聞いたところで、俺は気の利《き》いたことを答えられる人間ではない」

三五郎は他の門弟の稽古相手になった。

道場主の十右衛門がぜひにと乞《こ》うて招いた浪人だとは聞いていたが、前身はわからない。三五郎は四十近い、ひとのよさそうな顔をした男だが、一度、苦しげな表情をしたのを見たことがある。三五郎はどんな生き方をしてきたのかと気になった。

「どうした?」

汗を拭《ふ》きながら、保二郎がやって来た。

「本多さまはどういうひとなんだ?」

「平常心……」

弥之助はきいた。

「どういうひと？」

保二郎は怪訝そうな目を向け、

「本多さまもご自分のことは何も喋らないからな。ただ、先生から信頼されているのは間違いない。なぜ？」

「稽古をして、俺の心を見抜いた」

さっきの話をした。

「そうか。型に心が出るのか」

「型が心を作り、心が型を守ると仰っていた」

「俺には難しいことはわからん」

保二郎が自嘲ぎみに口許を歪《ゆが》めたとき、内弟子が近づいてきて、

「先生がお呼びです」

と、伝えにきた。

「わかりました。すぐ、お伺いします」

「はい」

内弟子は離れて行った。

「弥之助、いい機会だ。もしもということもある。先生の気持ちを確かめて来い」

と、勧めた。

「でも……」

「そうするかどうかはともかく、最後の逃げ場があれば、気分が楽ではないか」

「そうだが……」

「感触だけでも摑《つか》んで来い」

「なりゆきで、きいてみる」

そう言い、弥之助は立ち上がった。

道場を出ると渡り廊下を経て、内庭に面した十右衛門が病臥している部屋に行った。

「失礼します。弥之助です」

廊下に腰を下ろし、障子越しに声をかける。

「入りなさい」

「はい。失礼します」

弥之助は障子を開けて部屋に入った。

十右衛門はふとんの上に半身を起こしていた。

「どうだ、稽古に励んでいるか」

「はい。本多さまにいろいろ教えていただいております」

「そうか」

十右衛門は頷いてから、

「昨日、青柳さまがいらっしゃった」

「そうですか」

親しい間柄だから十右衛門の見舞いに来るのは珍しいことではない。だが、わざわざそのことを伝えるのは自分に関係していることだからだろう。

「るいどのとの縁組、よかったではないか。青柳どのも喜んでいた」

「はい。ただ、いろいろ支障がありまして」

「らしいの。だが、そのようなことに負けるでない」

「はい」

「もし、何か困ったことがあれば、わしを頼ればいい」

「ありがとうございます。先生は私が甲府勤番になるかもしれないことをお聞き及びでございますか」

「青柳どのが話していた。仮にそうなっても、るいどのをそなたの嫁にやると仰っていた。ありがたいことではないか」

「はい。ただ、るいどのを生涯甲府で暮らさせることに申し訳ない気持ちがします」

「そうだのう。だが、るいどのもどこまでもそなたといっしょについて行くつもりだそうではないか」

「はい」

「ならば問題はあるまい」

「だからこそ、よけいに辛いのです。そこまで思いを寄せてくれるのに辛い目に遭わせてしまいます」

「うむ。だが、悪く考えることはない。何ごとにも真摯《しんし》に打ち込んでいけばきっと道が開ける」

「はい」

「もうよい。本多三五郎がそなたのことを心配していたのできいてみたのだ」

「かたじけないです。ところで、本多三五郎さまはどのようなお方なのでしょうか。なぜ、浪人になったのでしょうか」

「あの者は、十年以上前まで直参だった」

「直参？　どこぞの大名家に仕えていたのかと思いましたが幕臣だったのですか」

「御徒組の御家人だったそうだ。なぜ、浪人になったかは、わしも詳しく知らない」

「そうですか」

ときおり見せる苦しそうな表情が引っかかっていたが、三五郎がなぜ浪人になったのかが気になった。


保二郎といっしょに元鳥越町の道場を出た。

「きょうは付き合え」

保二郎がいう。

「わかった。『夢家《ゆめや》』か」

保二郎の行きつけで、あまり品のない店だ。

「いや。最近はそんなに行っていないんだ」

「そうか。通っているのかと思っていたけど」

「じつは、俺にも見合い話があってな。それから、足を向けなくなった」

「ということは、相手を気に入ったのか」

「いや。まだ、会っていない。ただ、噂では美人だというんでな。女遊びは少し控えている。へたなことをやって、甲府勤番になったらたいへん……。あっ、すまない」

保二郎はあわてて口を押さえた。

「気にするな。ほんとうのことだ。それより、養子の話があると言ってなかったか」

「ああ、でもだめになった。やはり、光石家がなくなるのは困ると、父も母も思い直したようだ」

「そうだったのか」

「鳥越神社の近くに居酒屋がある。そこに行こう」

保二郎はさっさとそこに向かう。

「やっ、まだ、開いてない」

「早すぎるんだ」

「仕方ない。そば屋にしよう」

保二郎は並びにあるそば屋に向かった。

小上がりの座敷で向かい合い、酒を頼んでから、

「先生に頼んだか」

と、保二郎がきいた。

「何か困ったことがあれば、わしを頼ればいいと、先生は仰ってくださった」

「そうか。万が一のときはそうするのだな」

弥之助は他のことを考えていた。

「どうした？」

「本多さまは御家人だったそうだ」

「なに、本多さまは御家人？」

「十年以上前のことだそうだ。何があったのかは先生も知らないようだ」

「そうか。親父は知っているかな」

「名前を変えているかもしれないが、十年以上前に浪人になった者がたくさんいるとは思えない。俺もきいてみる」

酒が運ばれてきた。

「及川さまに直《じか》に会ったことは失敗だったかもしれない」

弥之助は苦い酒を呑んだ。

「かえって、こしゃくな奴と反感を買ったのではないだろうか」

「何も訴えなかったのがいけなかったのではないか」

「そうだろうか」

「でも、まだ、わからぬではないか。案外、すべては杞憂《きゆう》に終わるかもしれぬ。いや、そうだ。さすがに、甲府勤番にまでは出来ないのではないか。おまえに、そんな落ち度はなかったんだからな」

そう言い、保二郎は酒を呷《あお》った。

「そうだといいんだが……」

「さあ、呑め」

保二郎は勧める。

「俺だって、おまえに甲府に行かれたんじゃ困る。唯一の友がいなくなってしまうんだ」

「他にたくさんいるではないか」

「いや、心で話せるのはおまえだけだ」

「ありがとう」

「なんだか、しんみりしてきたな」

その後、銚子《ちょうし》を二本空け、最後にそばを食って、店を出た。途中で保二郎と別れ、弥之助は下谷七軒町の屋敷に帰った。

迎えに出た母が、

「組頭さまからのお使いがきました。明日の昼過ぎに、来るようにとのこと」

と、真っ先に知らせた。

何のための呼び出しだろうか。急に不安が襲いかかった。

父の部屋に行くと、父も暗い表情で、

「組頭さまのお呼びは何か」

と、消え入りそうな声で呟《つぶや》いた。

「父上。私に重大な落ち度があったわけではありません。堂々と組頭さまにお会いしてきます」

「なれど……」

父は言いさした。

「私は間違ったことをしていません。たとえ、何があろうと試練と受けとめ、対処していきます」

「そうか。よく言った。わしも腹を括《くく》ろう。おまえの思うようにせい。そのために、高岡家が途絶えてもかまわん」

甲府勤番の不名誉をかぶるくらいなら、幕臣をやめ、仁村十右衛門の養子になることを勧めているのかもしれない。

しかし、今の弥之助はそこに逃げる真似はしたくなかった。仮に、甲府勤番となれば、ひとりで行くことを考えていた。

「父上。ちょっとお訊ねしたいのですが、十年以上前のことです。確か、父上はその頃は御徒衆ではありませんでしたか」

その後、二の丸広敷添番になったと聞いている。

「そうだが、それがどうかしたか」

「今、道場で師範代をなさっている本多三五郎さまは元幕臣だったそうにございます。本多さまに何があって浪人になったのか気になりました」

「十余年前……」

何かを思いだすように、父は目を細めた。

「不良御家人が問題を起こしたことがあった。確か、小瀬直次郎《こせなおじろう》という小普請組の御家人が遊女を妾にして屋敷に住まわせ、その遊女を仲間に世話して小遣い銭を稼いでいた。小瀬直次郎は苦み走った美男で、何人も妾がいて、同じように売笑させていた。そのことが露顕《ろけん》し、小瀬直次郎は……」

父ははっとしたように口をつぐんだ。

「ひょっとして、小瀬直次郎は甲府勤番に？」

「そうだ。小瀬直次郎の仲間が手を貸していたという疑いで、士籍を剝奪された。その名前は……」

父は首をひねった。

「首謀者の小瀬直次郎はだいぶ噂に上ったが、仲間の名は覚えていない。もしかしたら、本多三五郎どのだったかもしれぬな」

おそらく、そうだろうと思った。三五郎はつまらないことで幕臣をやめざるを得なかったのだ。

ときおり見せる苦しみの表情はその後悔かもしれない。

その夜、ふとんに入ってから、組頭の呼び出しを考えた。急な呼び出しは、甲府勤番に決まったことを告げるつもりなのだろう。

寝つけぬ夜を明かしたが、朝になったとき、弥之助はある考えを固めていた。

翌日の昼過ぎ、弥之助は小石川にある小普請組頭の屋敷を訪れた。

「ごくろう」

客間に現われた組頭の顔は強張っている。

「これから、御支配さまのお屋敷に参上する」

「えっ？」

「そなたを連れて参れとの命令だ。さっそく、参ろう」

組頭が有無を言わさずに、弥之助を連れて神田橋御門外にある及川辰右衛門の屋敷に向かった。

半刻（一時間）後、弥之助は組頭とともに客間にいた。それから、さらに四半刻（三十分）経っても、誰も現われない。

組頭はいらだちを隠せないように口許を歪めている。弥之助はじっとしていた。気のせいか、どこかから視線を感じるのだ。

横の襖だ。そこに目を向けることはしないが、誰が何のために様子を窺っているのか。

さらに四半刻経って、やっと襖が開いた。入って来たのは、四十過ぎと思える瘦身の武士だ。

これから及川辰右衛門のもとに案内するつもりなのかと思ったら、向かいに腰を下ろし、悪びれることなく、

「殿はまだ時間がとれぬ」

と、口を開いた。

「よって、正式な沙汰はあとでいたすが、代わって用人であるわしから高岡弥之助に言い伝えておく」

「はっ」

弥之助は低頭した。

「高岡弥之助、そのほうに甲府勤番を命じる。委細はあとで正式の沙汰のときに下されるであろう」

心ノ臓を激しく叩かれたような衝撃に、一瞬息が出来なかった。だが、弥之助は剣一郎の言葉を蘇らせた。

我が身に恥なくば、堂々と現実を受け入れよ。それを試練とすることで道は開ける。その言葉で、弥之助はすぐ立ち直ることが出来た。

「畏まりました」

弥之助は頭を下げた。

「高岡弥之助」

用人が口調を改めた。

「いずれ、殿のお怒りも治まろう。殿とて決して凡庸《ぼんよう》なお方ではない。ただ、我が子のことで乱心したようなものだ。自棄にならず、甲府にて時節を待て」

「ご用人さま。ありがとうございます。そのお言葉に勇気と希望をいただきました」

「よし。ごくろうだった」

用人は立ち上がった。

辰右衛門の屋敷を出てから、組頭が憤慨した。

「まさか、ほんとうに甲府勤番にされるとはな。御支配どのは器が小さい」

「仕方ありません」

そう答えたものの、弥之助は気が重かった。父や母は、甲府には行けまい。まだ、るいと祝言を挙げる前でよかったのかもしれない。

もし、江戸に帰ることが出来たら祝言を挙げる。帰れなければ、縁組をないものにしてもらおう。

弥之助はざわめく心を抑えながら改めてそう決心した。

五

朝早く、周次郎は大伝馬町にある『甲州屋』に行き、私用の出入り口から土間に入り、訪問を告げた。

兄嫁が迎えに出た。

「近くまで来たので、お線香を上げによらせていただきました」

「そんな他人行儀な真似をせずに、どうぞ、お上がりください」

「では、失礼します」

今は兄の代になったのだから、実家という思いはなかった。

仏間に通されると、仏前に母が座っていた。

「おっ母さん。お邪魔します」

「おお、周次郎。さあ、お父っつあんに挨拶を」

「はい」

周次郎は仏前に腰を下ろした。

線香に灯明の火を点けて立てる。そして、手を合わせた。

（お父っつあん。教えてくれ。梅助という男を使って、おきみに別れるように説き伏せたのか）

心の内で訊ねる。

（お父っつあん。すまないが、俺は『甲州屋』に戻るつもりはないんだ。もう、ここは兄さんの店だ。だから、教えてくれ。梅助はどこにいるんだ。梅助は何者なんだ。お父っつあん、俺はおきみがいなけりゃ、生きていけないんだ。俺のために尽くしてくれたおきみをこのまま捨てることは出来ない）

熱心に訴えても、父に届くはずはなかった。

周次郎は合掌を解き、一礼してから仏壇から離れ、母と向かい合った。

「お父っつあんはおまえが帰ってくるのを心待ちにしているんだよ。帰ってきておくれ」

母は白髪が目立った。父が亡くなっていっきに老け込んだような気がする。

「おっ母さん。ここは兄さんのお店です。今さら、私がのこのこ乗りこんでも、何も出来やしませんよ」

「そんなことはないよ」

「おっ母さん。それより、梅助という男を知りませんか」

「梅助……」

　母の目が微かに動いた。

「知っているんですね。教えてください。梅助は今どこに……」

「周次郎」

　いきなり、襖が開いた。

「兄さん」

　兄の周右衛門が仏間に入ってきた。

「周次郎。おっ母さんが梅助なんて男を知るはずないだろう。いったい、何を考えているのだ？」

「兄さん。おきみが働いていた店の者にきいたら、梅助が現われたのはここ一カ月以内だそうだ」

「それがどうした？」

「お父っつあんが頼んだんじゃないのか。おきみに因果を含ませるように。兄さんも、知っていたんだろう」

「ばかばかしい」

　周右衛門は親指の爪を嚙んだ。いらだったときにする兄の癖だ。

「なぜ、そんなにあの女を追うのだ。よく考えろ。あの女といっしょにいてどんないいことがあるのだ」

「俺はおきみなしでは暮らしていけない」

「周次郎。よく、考えろ。お父っつあんは、なぜ、おまえの勘当を解いたのだ。おまえが不憫《ふびん》だからだ。俺だってそうだ。おまえにつまらない苦労をさせたくない。そう思ったから、この家に戻そうとしたのだ。だが、よく考えろ」

周右衛門はぐっと睨《にら》んで続けた。

「おまえが帰りたくないものを、どうして俺が梅助などという男を使っておきみさんと引き離さなければならないのだ。いやだというならば、俺は無理やり連れ戻そうとは思わぬ。おまえがその気になってくれたら迎えてやろう。だが、いやがっているのに、そこまでしてやると思うか」

「…………」

「百歩譲って、お父っつあんが梅助を使ったとしよう。だが、俺はそこまでして、おまえをここに迎えようとは思わぬ。だから、お父っつあんの死期が迫ってきたときに、俺は梅助に中止を申し入れたはずだ」

「…………」

「周次郎。よく考えてみろ。そこまでして、おまえを連れ戻して、『甲州屋』にどんな得があると思うのだ。はっきりいってない。ただ、お父っつあんの思いだけなのだ」

「じゃあ、おきみは……」

「おまえには酷なようだが、おまえから梅助に乗り換えたのだ。おきみさんは自らの気持ちで梅助との暮らしを選んだのだ」

そんなはずはない。おきみは俺のことを……。だが、違ったのだろうか。俺との暮らしに飽《あ》いていたのか。それとも、梅助が俺よりよっぽどよかったのか。

「周次郎。もうおきみさんのことなど忘れ、戻って来い。ここで商売を覚えろ。そしたら、いずれ暖簾分けを考えてもいい」

「兄さん。きょうはこれで帰るよ。おっ母さん、すまない」

周次郎は立ち上がった。『甲州屋』を出て、伊勢町《いせちょう》堀に出て、末広《すえひろ》河岸から鎧《よろい》河岸へと歩いて行く。兄の言い分は納得出来なかった。

父が梅助を使っておきみに因果を含ませたのだ。死の床《とこ》にあって、父は梅助の名を口にした。自分でも気づかずに口にしたのかもしれないが、おきみのことがあるから梅助という名が出たのだ。

しかし、兄の言い分にも理はあった。おきみと別れさせてまで、周次郎を『甲州屋』に呼び戻すことで、父や兄にどんな得があったのか。単に、周次郎が不憫なだけで、そこまでするだろうか。

そう考えると、おきみと梅助は示し合わせて周次郎の前から去ったということになる。父が口にした梅助はまったくの別人で、たまたま同じ名だっただけかもしれない。

永代橋を渡っていると、目の前を同心と岡っ引きが歩いていくのに気づいた。千鳥橋の殺しの現場にいた岡っ引きだ。

殺された男の素性はわかったのか。下手人の目星はついたのだろうか。もし、おのぶの客だったら……。ふたりの剣呑な男が気になる。

永代橋を渡ると、同心と岡っ引きは門前仲町のほうに曲がった。岡場所を探索しているのだとしたら、まだホトケの素性はわからないのかもしれない。

周次郎は佐賀町の長屋に帰って来た。

部屋に上がったと同時に腰高障子が開いた。

「大家さん」

周次郎は畏まった。

「帰って来た姿が見えたのでな」

大家はそう言いながら、上がり框に腰を下ろした。

「まだ、『甲州屋』に帰る決心がついていないようだな」

「いえ、私は帰りません」

「なぜだ？」

「親父が死んで兄の代になりましたが、兄は『甲州屋』をそのまま守って行くつもりです。私はそんな『甲州屋』に戻りたいと思いません。戻ったところで、同じことが繰り返されるだけです。あの家訓に縛《しば》られる限り」

「では、おきみさんの気持ちを無にするのか」

「私はおきみにもう一度会いたいんです。会って、気持ちを確かめたいんです。ほんとうに私のためを思って身を引いたのか。それとも他に好きな男が出来たのか……」

「おまえのために身を引いたのだ」

「なら、会って、それは大きな間違いだと言ってやります。そして、ふたりでもう一度、やり直します」

「周次郎」

大家はいやいやするように首を振り、

「おきみさんは江戸を離れたのだ。どうやって行き先を捜すのだ」

「梅助という男です。おきみは梅助といっしょにどこかへ行ったんです。梅助さえ見つければ……」

「ふたりは夫婦のように暮らしているかもしれぬ」

「わかっています。それならそれで、諦めがつきます。おきみが仕合わせなら、私のほうから身を引きます」

「そうか。気持ちは固そうだな」

「大家さん。もうしばらくここにいさせてください」

「それは構わん。おきみさんもおまえも、いったいどんな性分なのだ」

大家は呆れたように呟いた。


火灯し頃になって、周次郎は『楓家』に行った。この前、怪しげなふたりの男が佇《たたず》んでいた柳の陰には誰もいない。

周次郎が『楓家』に近づくと、店からおのぶが飛びだしてきた。

「来てくれないかと思って心配したわ」

しがみつくように、周次郎の手をとった。

「うれしいわ。さあ」

おのぶは周次郎を引っ張って二階の小部屋に向かった。周次郎は二階に上がると、正面にある窓に向かった。

障子を開ける。柳の木が見えた。あのとき、この部屋には殺された男がいたのだ。関わりがあるのだろうか。

「この前は、みっともないところを見せちゃったわ。ごめんなさいね。でも、あたしは、おふじさんをいじめたりしていないわ。そりゃ、やっかみはあったわ。でも……」

周次郎は背後で言うおのぶの声を聞いていなかった。もし、あのホトケがここに上がった男なら、怪しいふたりのことを町方に告げるべきだろうか。

「どうしたの？」

おのぶが怪訝そうな声で横に立った。

「この前の男」

周次郎はおのぶに顔を向け、

「あの男は何者なんだ？」

と、きいた。

「たまに来る客よ。気にしないで」

「そうじゃない。名前は何て言うんだ？」

「どうして？」

おのぶは不審そうにきく。

「あのとき、あの柳の木の陰に怪しげな男がふたりいて、この部屋のほうを見ていた」

「そう。でも、そんなこと、そのひとたちの問題でしょう。あたしたちには関わりないことでしょう」

「町方はここに来たか？」

「町方が？　どうして？」

「来てないんだな」

周次郎は部屋の真ん中に戻った。おのぶも向かいに座った。

「ねえ、どうしたの？」

「きのうの朝、千鳥橋の下で男の死体が見つかった。そのホトケがあのときの客に似ていたんだ」

「まあ」

　おのぶが息を呑んだ。

「ただ似ていただけで別人かもしれない。だが、もし、そうだとしたら、その前の夜、ここから帰る途中を襲われたことになる」

「いやだわ」

　怯《おび》えたように、おのぶは眉を寄せた。

「今、町方は岡場所を聞き込んでいるようだ。だから、いずれ、ここにも来る」

「………」

「だからきいているんだ。男の名は？」

「竹蔵《たけぞう》さんよ」

「住まいはどこかきいているか」

「本所石原町《いしわらちょう》よ。ほんとうに、竹蔵さんが……」

「まだ、わからねえ。ただ似ていたことは間違いない。それに、剣呑な雰囲気のふたりの男が気になるんだ」

「どうしたらいいのかしら」

「もし、町方がやって来たら、正直に答えればいい。まだ、そうだと決まったわけじゃないが……」

周次郎はおのぶを慰めるように言ってから、

「それより、女将さんにきいてくれたか」

「ええ。梅助って男のことね」

「そうだ」

「江戸を離れたのは間違いないけど、はっきりどこに行くかは言わなかったそうよ。ただ、手掛かりになるようなことを言っていたらしいわ」

「どこだ?」

「でも……」

「でも。なんだ?」

「教えたら、もうここに来ないんでしょう」

おのぶが寂しそうに言う。

「俺はおきみ、ここではおふじだが、おきみに会って、けじめをつけたいんだ。けじめをつけたら、今度は堂々と来るさ」

「そうね。当てにしないで待っているわ」

そう言い、おのぶは真顔になって、

「甲州街道よ。詳しい場所はわからないけど、梅助って男、甲州街道のどこかの宿場の出じゃないかって、女将さんは言っていたわ」

「甲州街道だって。どうして、そう思ったんだ？」

「江戸を離れるというと高輪《たかなわ》の大木戸《おおきど》を出ていくのかえってきいたら、四谷《よつや》の大木戸だと答えたそうよ」

「しかし、内藤新宿《ないとうしんじゆく》の追分《おいわけ》で、青梅《おうめ》街道とに分かれる。それでも、甲州街道とおもったのか」

「ぶどうの話もしていたそうよ」

「ぶどうか」

「ええ、甲州街道の勝沼《かつぬま》ってところがぶどうの産地ですって」

「わかった。よく、きいてくれた」

　周次郎は礼を言う。

「おふじさん。勝沼にいるの？」

「いや、もっと先だ」

「もっと先？　どこ？」

　やはり、梅助は父と関わりがあるのだ。『甲州屋』をはじめた祖父は甲府の出だ。父も甲府の生まれで、若い頃に江戸に出て『甲州屋』をはじめたのだ。

未《いま》だに、甲府とはつながりがある。梅助は甲府からやって来たのに違いない。

おきみは甲府にいるのだと、周次郎は思った。

第三章　甲州路《こうしゅうじ》

一

朝からどんよりとした空だ。雨模様の中、下谷にある海藤伊勢守《かいどういせのかみ》の上屋敷の前に座頭が三人いた。その中に、妹尾別当がいる。

剣一郎の屋敷に妹尾別当の使いがやって来たのは昨夜だった。明日、海藤伊勢守の家臣望月文平《もちづきぶんぺい》と絹田仁太郎《きぬたじんたろう》のふたりに借金返済の催促に行くと言う。

大名家の家臣は何のために座頭金を借りていたのだろうか。その理由はわからないが、剣一郎は一夜明けてから、海藤家の上屋敷までやってきた。

陸奥《みちのく》の海藤家は七万石の大名である。

妹尾別当が杖《つえ》をつきながら門番のところに向かった。編笠をかぶり、着流しの剣一郎も近くまで行く。

「望月文平どのと絹田仁太郎どのにお会いしたい」

妹尾別当が声《こわ》だかに言う。

「公用にて出かけた」

門番は横柄に言う。

「妙でございますな。私の使用人が朝早くから門前で見張っておりました。両名が外出した形跡はないという知らせを受けたのでやって参った」

「その者が見過ごしたのであろう」

「そのようなことはござりません」

「しかし、出かけたものは出かけたとしかいいようがない」

門番は鼻で笑った。

剣一郎は門番の対応に落胆した。このような対応では妹尾別当に口実を与えるだけだ。いや、口実どころではない。妹尾別当のほうに理が生まれる。

剣一郎はよほど出て行き、門番に誠実に対応するようにという進言をしたかったが、それこそ出過ぎた真似になるので堪《こら》えた。

「もう一度、お伺いいたします。望月文平どのと絹田仁太郎どのにお取り次ぎ願いたい」

「おらぬと言ったはず。引き上げられよ」

門番は横柄に言う。

「さようですか。ならば、帰ってくるまで待たせていただきましょう」

そう言うと、供の座頭が抱えてきた莚を門の前に敷き、そこに妹尾別当が草履《ぞうり》を脱いで上がり、正座をした。供の者もふたり、同じように座り込んだ。

「無礼者。ここをどこだと心得る。海藤家の門前であるぞ」

中からも門番が出てきた。

「帰れ」

門番が怒鳴る。

「いや、帰りません。貸したお金を返していただくまでは帰りません」

「ならば、こうだ」

目配せをしたあと、ふたりの門番がいきなりしゃがんだかと思うと、莚の端を摑んで思い切って引っ張った。

三人の座頭が転がって地べたに突っ伏した。

「なにをなさるのだ？」

あわてて起き上がって、妹尾別当が激しく文句を言う。

「おまえたちが悪いのだ」

「それが、目の不自由な者に対する仕打ちですか。借金を踏み倒した上に、このような狼藉《ろうぜき》が許されてよいのか」

「だから出直せと申しておる」

「わかりました。出直しましょう」

妹尾別当は着物の埃を払い、杖を探した。

妹尾別当は剣一郎の前にやって来た。

「ご覧いただけましたか」

「うむ」

剣一郎は頷く。

「これが、弱者に対する世間の仕打ちでございます。我らが持ちうる対抗策は仲間の結束しかありません」

そう言い、妹尾別当はにやりと笑った。

「どうするのだ?」

「貸したものは返していただきます」

ひとりの座頭が杖をつきながら妙な格好で三味線堀のほうに駆けていった。

やがて、鉦や太鼓を手にした座頭が大挙して押し寄せてきた。

「待たせておいたのか」

「はい。きのうまでのやり方ではこのまま逃げきろうとしているのが明確でしたからね」

たちまち二十人以上の座頭が妹尾別当の前にやって来た。

「皆の者、ごくろう」

妹尾別当は一同に言い、

「思ったとおり、海藤家の家来は借金を踏み倒そうとしている。我らを侮る者に負けてはならぬ」

「おう」

と、いっせいに声が上がり、すかさず鉦と太鼓を叩きはじめた。

そして、妹尾別当は再び門前に向かう。

門番が飛び出して来て、

「なんだ、おまえたちは」

と、怒鳴った。

「望月文平さま、絹田仁太郎さま、目の見えない哀《あわ》れな座頭が貸したお金をお返しください。お返しくださいい」

座頭たちが鉦と太鼓を叩きながら大合唱をはじめた。

「海藤家のご家来の望月文平さま、絹田仁太郎さま。吉原で遊ぶためにお貸ししたお金は積もり積もって百五十両。早く、お返しくだされ」

凄《すさ》まじい勢いで叫ぶ。

両隣の屋敷からもひとが出てきて、通りかかった商人たちも目を見張って眺めている。

「返済期限はきょうでございます。どうか、哀れな我らにお金をお返しくだされ」

「やめろ、やめないか」

門番が絶叫すると、座頭たちの合唱はさらに大きくなった。

門番が逃げ出した。座頭たちは長屋門の前で、止むことのないように騒いだ。

剣一郎は唖然とした。確かに、妹尾別当のやり方は無茶だが、海藤家の対応もいただけない。

ここまでは奉行所が口をはさむ余地はなかった。ひとに危害を加えるわけではなく、願いを聞き入れられない座頭たちのやむにやまれぬ振る舞いでしかない。

さすがに騒ぎ続けて疲れたのか、四半刻（三十分）後に、いっせいに声が止んだ。

　ふと前方を見ると、新たに十人ほどの座頭がやって来た。

　再び大合唱がはじまった。

「海藤家のご家来の望月文平さま、絹田仁太郎さま。吉原で遊ぶためにお貸ししたお金は積もり積もって百五十両。早く、お返しくだされ」

「目の不自由な者たちをいじめるのをおやめくだされ」

「百五十両を踏み倒すおつもりですか」

「金を返さず、我らに首を吊れとおっしゃるのですか。海藤家の望月文平さま、絹田仁太郎さまはひと殺しか」

　座頭たちは、必ず海藤家と叫ぶ、そして望月文平と絹田仁太郎の名を出す。門の中の海藤家の者たちだけに言っているのではなく、近隣の屋敷にも聞こえるように騒いでいるのだ。

「返してくだされ。貸した金を返してくだされ、海藤家の望月文平さま、絹田仁太郎さま。どうか踏み倒すような無慈悲なことはおやめくだされ」

　剣一郎は半ば呆れ、半ば感心した。緻密《ちみつ》に計算しつくされた抗議方法だ。妹尾別当にしてみれば、返してくれとお願いしているだけだ。いっしょになって騒いでいる座頭たちは妹尾別当に同情していっしょに懇願しているだけだ。

だが、中にいる望月文平や絹田仁太郎は震えているに違いない。明らかに脅迫されていると感じるであろう。

合唱がいっせいに止んだ瞬間、妹尾別当がひとりで大きな声で唄うように、

「私どもは天下の海藤伊勢守さまのご家来がまさか借金を踏み倒すとは思ってもいませんでした。私どもは海藤伊勢守さまのご家来だからと信用したのでございます。今でも、海藤伊勢守さまを信じております」

妹尾別当の声が止んだとき、潜り門が開いて、老練な武士が現われた。

「妹尾どの」

武士が呼びかける。

妹尾別当が杖を頼りに声の方に向かった。

そして、妹尾別当は老練な武士とともに門の中に消えた。

大勢いる座頭たちは無駄口を一切叩かず、じっと待っている。この統制のとれた動きに、剣一郎は驚嘆するしかなかった。

妹尾別当が出て来るまでの四半刻、門前は静寂に包まれていて、かえって異様な光景だった。

やっと、妹尾別当が出て来ると、座頭たちは引き上げだした。

剣一郎は妹尾別当のそばに行った。

「どうしたのだ？」

「借用書を書き換えていただきました」

「内容は？」

「返済期限をひと月延ばすこと」

「当然、利子がつくのだな」

「はい」

「いくらの返済になるのだ？」

「百七十両でございます」

「百七十両だと？　きょうの返済額は百五十両。一カ月で二十両の利子か」

「私どもの要求ではありません。先程の用人さまから申し出のあったこと」

「うまいな」

「はっ？」

「そのように仕向けることの腕を褒《ほ》めている」

「青柳さま」

妹尾別当は眉間に力を込めるようにして、

「望月文平と絹田仁太郎のふたりは長屋におりました。居留守を使っていたのですぞ。あわよくば、本気で借金を踏み倒すつもりだったのです。我らのような弱者はこれぐらいのことをしない限り、相手にしてもらえないのです」

「そなたは自信があったな」

「何がでございましょうか」

「奉行所につけいる隙は与えないという自信だ」

「とんでもない。我らのような弱者は生きることに懸命なだけです」

「それにしては吉原に行ったり、妾を何人も抱えたりと、ずいぶん豪勢ではないか」

「それはたまには息抜きもしませんと。我らとて人間ですから」

「ふつうの庶民より遥かに優雅に暮らしている」

「そんなことはございません。どんなに美しい女子を前にしても、私はその顔を見ることも叶わぬのです。男として、不憫とは思いませんか」

「いや、いっこうに」

剣一郎は続ける。

「女子の美醜は外見だけではない。目が見えないぶんだけ、我らにはない心の目が発達しているはず。その心が見たものは傍《はた》から見ても美しい」

「それはこじつけというもの」

「そうかな。先日、そなたの家で見かけた女子、かなりの美形であった。あの者をどうやって選んだのだ？」

「………」

「どうしたな？」

「いや、青柳さまには敵《かな》いません」

妹尾別当は苦笑し、

「では、私はこれにて」

「また、催促しにいくところがあれば教えてもらいたい。今度は町人だ」

「同じことでしょうが、お望みとあらば」

妹尾別当は含み笑いを残して去って行った。

その夜、剣一郎の屋敷に弥之助がやって来た。

「弥之助、どんな理不尽な状況に追いやられても腐ってはならぬ。ひとを恨《うら》んではならぬ。望みを持ち、お役目を果たすのだ。さすれば、きっと光明を見出せるはずだ」

いつか、及川辰右衛門も自分の非に気づくはずだと言外に匂《にお》わせた。

「はい。甲府に行っても、自分を見失わず、お役目を果たします」

「うむ。その意気ぞ」

剣一郎は言ってから、

「そなたに引き合わせたい者がいる。濡縁《ぬれえん》に出てもらおう」

「はい」

剣一郎は立ち上がり、障子を開けて濡縁に出た。弥之助もついてきた。

庭先に、文七《ぶんしち》が畏まっていた。

「ごくろう」

文七に声をかけ、弥之助に目を向けて、

「この者は文七と言い、わしがもっとも信頼し、手足となってもらっている。そなたの役に立とう。連れて行ってもらいたい」

「甲府にですか」

「そうだ。若党としてそなたに尽くす」

「そのようなお方をもったいのうございます」

「弥之助さま」

　文七が声をかける。

「私にとって弥之助さまはご主人さまと同じ。精一杯、お仕えさせていただきます」

「青柳さま」

「弥之助。文七がそなたのそばにおれば、るいも安心しよう」

「お心遣い、ありがたく頂戴いたします」

「弥之助。この文七の言うことはわしの言葉だと思え。また、何ごとも相談せよ。遠慮はいらぬ」

「はっ」

「弥之助さま。明日、下谷七軒町のお屋敷にお訪ねいたし、出立のお手伝いをさせていただきます」

　文七が力強く言う。

「はい。よろしくお願いいたします」

「向こうで、るいが待ちかねているだろう。行ってやってくれ」

「はい」

弥之助は文七にも頭を下げて去って行った。

「文七。頼むぞ」

剣一郎は改めて文七に目をやる。

「はっ。るいさまの大事なお方、身命を賭《と》してお仕えいたします」

文七を剣一郎に引き合わせたのは多恵である。二十八歳で、何ごとにも対応出来る頭の柔らかさと才覚があった。これまでに何度も手足となって働いてもらっている。

多恵の腹違いの弟らしいが、深く詮索したことはない。そうだとしたら、るいとは叔父と姪《めい》の間柄ということになる。

「それにしても及川さまは……」

剣一郎が及川辰右衛門に思いを馳《は》せようとしたとき、多恵がやって来た。

「堀井どのがいらっしゃいました」

「堀井伊之助か。わかった、通してくれ」

多恵に言ってから、

「文七。それではくれぐれも頼んだ」

と、剣一郎は言う。

「はっ、では」

文七が暗い庭に消えてから、剣一郎は部屋に戻った。

「夜分に申し訳ございません」

伊之助が入ってきた。

「構わん」

「青柳さま。不忍池にて殺された男は本所界隈《かいわい》のごろつきの陽吉《ようきち》という男でした。現場から逃げて行った男は陽吉とつるんでいた竹蔵だとわかったのですが、数日前、深川の油堀川にかかる千鳥橋で殺されていた男が竹蔵だとわかりました」

「そうか、殺されたのか」

「竹蔵は蛤町にある『楓家』という遊女屋からの帰りに殺されたのです。下手人は、竹蔵の『楓家』からの帰りを待っていたのだと思います」

「陽吉と竹蔵を殺した人間は同じだな」

「はい。最近、ふたりは周囲に大金が手に入ると言っていたそうです。それが何かわかりません。とりあえず、大信田新吾にぶつかって逃げた男が殺されたことだけでもお知らせしようと思いまして」

「うむ。ごくろうであった。また、何か進展があったら知らせて欲しい」

「はっ」

「待て。ついでにちょっと訊ねたいが、妹尾別当を知っているな」

「妹尾別当ですか」

伊之助は悪臭を嗅いだように顔をしかめ、

「食えない座頭です。気に入った娘を手込めにして妾にしたり、他人のかみさんに手を出したり、座頭金の返済での強引な取り立てなど、やりたい放題。こっちが取り締まろうものなら、弱者を振りかざして激しく責めたててきて、いつも悔しい思いをしています」

「そうか。じつは、座頭たちの横暴をこれ以上許しておくわけにはいかない。中でも、妹尾別当の傍若無人は目に余るそうではないか」

「仰るとおりでございます」

「妹尾別当に関することで何かあれば、ただちに知らせてもらいたい」

「青柳さまに乗り出していただけるのであれば、これほど心強いものはありません。我らも妹尾別当の動きに目を光らせておきます」

「頼んだ」

「はっ」

伊之助が引き上げたあと、再び、濡縁に出た。

夜風に当たっていると、多恵がやってきた。

「るいの様子はどうだ？」

「はい。明るく振る舞っています。ほんとうは泣きたいのでしょうけど」

「父を信じよと、言ってくれ」

「だいじょうぶでございます。信じておりますよ。それに、いつでも甲府に行く心づもりは出来ているようです」

「そうか」

「でも、不思議でございますね。剣之助と志乃も酒田《さかた》で過ごし、今度はるいが甲府で過ごすことになるなんて」

志乃とるいは同じような境遇におかれながら、ともに思いを寄せる男を選んだ。それが剣之助であり、弥之助だ。

「剣之助と志乃も江戸に戻ってきた。るいも耐えるときだ」

「はい」

「そなたの勧めで、弥之助に文七をつけてやることが出来た。るいも安心していよう」

剣一郎は甲府に向かう弥之助に思いを馳せながら、及川辰右衛門の言葉を思いだしていた。

二

翌朝、弥之助は元鳥越町にある仁村十右衛門道場に行き、病床の十右衛門に別れの挨拶をした。

「長い間、お世話になりました」

半身を起こした十右衛門は大きくため息をつき、

「そうか。いよいよ行くのか」

「はい。明日、出立いたします」

「江戸しか知らぬそなたが甲府に行くかと思うと胸が痛む。だが、甲府は山峡の町だそうだが、江戸の人間が多く、江戸の文化も栄えていると聞く。それに、かの武田信玄《たけだしんげん》公が館を構えていた甲斐の国の中心地だ。信玄公の栄華を偲《しの》び、何かを感じ取ってくることこそ、これからのそなたの成長の糧《かて》となろう。堅固でな」

「はい。先生もお体をお大事に」

弥之助は二度と十右衛門に会うことが出来ぬのではという不安に襲われた。及川辰右衛門がいつか自分の非を悟《さと》り、江戸に戻してくれるという望みを、剣一郎から言われているが、その保証はない。

「ところで、弥之助」

「はい」

「甲府勤番を避ける道として、わしの養子になり、この道場を継ぐという選択もあったと思うが、なぜ、その道を選ばなかったな」

「正直申して、そのことも考えました。しかしながら、それは敵前逃亡ではないかと思いました。そういう逃げでもって、るいどのを妻にしても、決して仕合わせには出来まいと思いました」

「しかし、そなたが選んだ道はるいどのを甲府で一生過ごさせることになる。るいどののことを考えたら、どうなのだ？」

「はい。仰るとおりでございます。甲府勤番というと懲罰のために派遣されるという考えが広まっています。ですが、私は懲罰を受けての配属とは思っておりません。そう考えれば、決して甲府を嫌う理由はありません。先生も仰いましたように信玄公の本拠地でございます。甲府城を守るという立派なお役目もあります。私は現実を受け入れ、甲府に行くことを心に決めました。ただ、やはり気にかかるのはるいどののことです」

弥之助は思いを嚙みしめるように一拍の間を置き、

「私は先に甲府で暮らし、これから江戸育ちのるいどのが来ても仕合わせになれる。そう思ってから、るいどのを甲府に呼ぶことにしました」

「もし、無理だと思ったら？」

十右衛門の眼光が鈍く光った。

「私はるいどのを諦めるつもりでございます」

「なんと、るいどのを諦めると？」

「はい。るいどのには江戸にいていただいたほうがいいとなれば、私は身を引く所存」

「ならば、最初からるいどのを諦めておけば、及川さまの怒りを買わず、御番入りも果たせたのではないのか」

「いえ、私はるいどのへの思いを貫きたいと思いました。るいどのと別れ、御番入りを果たしたとて、私にとっては脱け殻も同然。それより、るいどのといっしょになれずとも甲府にて暮らしても心の中でるいどのがい続けてくれます」

「甲府勤番の武士は賄賂《わいろ》を使ってなんとか江戸へ戻れるよう取り計らってもらうと聞いたことがあるが」

「いえ、そのような卑怯《ひきょう》な手段はとりません。第一、そのような金はありません」

「そうか。そこまでの思いを……」

十右衛門は目を細め、慈《いつく》しむような目をくれ、

「弥之助。よくぞ申した。それでこそ、わしが見込んだ男だ」

「恐れ入ります。ただ、心残りは父と母のことでございます。るいどのは父と母の面倒をみようと仰ってくれましたが、及川さまの手前、そのような振る舞いを遠慮いたしました。当てつけがましく思われてもいけませぬゆえ。幸い、親戚に面倒をみてもらうようにいたしましたが、私がいないことの寂しさを思うと胸が痛みます」

「そうであろうな」

「でも、私が甲府にて元気に過ごすことが父と母にはなによりの孝行と存じま

す。ともかく、甲府に行ってきます」

「弥之助……」

十右衛門の目尻が濡れたのを見て、弥之助の胸の底から込み上げてくるものがあった。

「では、先生も御達者で」

別れを惜しみながら、弥之助は十右衛門の部屋を出た。

道場に行くと、師範代の本多三五郎が待っていた。

「弥之助。いよいよか」

「はい。本多さまにはいろいろ教えていただき、ありがとうございました」

「短いつきあいであったが……」

三五郎はふと気づいたように、

「最後に、そなたにひと言告げておく。そなたは型を十分に会得した。だからといって、剣の道を究《きわ》めるまでにはまだまだ修行が必要だ」

「はい」

「これからさらに伸びるためには型を破らねばならぬ」

「型を破る？」

「そうだ。型はあくまでも型だ。先人が作り上げたものに自分を合わせているに過ぎない。己自身ではない。出来上がった型を破り、自分に合った新たな型をつくるのだ。それは、誰のものでもない、自分だけのもの」

「型を破る……」

「そのためには甲府に行くこともいい機会だ。型を破れ」

「わかりました。胆《きも》に銘《めい》じておきます」

「うむ」

「本多さま。少し、お訊ねしてよろしいでしょうか」

「なにかな」

「本多さまのことです」

「俺のこと？」

三五郎は少し考え込んでから、

「向こうに行こう」

と、道場の外の廊下に出た。

内庭の草木は新緑が鮮《あざ》やかだった。

「本多さまは元は御家人だったそうですね」

「十年以上前、小瀬直次郎さまという小普請組の御家人が遊女を妾にして屋敷に住まわせ、その遊女を仲間に世話して小遣い銭を稼いでいた。そのことが露顕《ろけん》して小瀬直次郎さまは甲府勤番になったと聞きました。小瀬直次郎さまの仲間が手を貸していたという疑いで、士籍を剝奪されたと……」

「ばかなことをしたものだ」

三五郎は自嘲した。

「やはり、その仲間というのが本多さま？」

「そうだ。昔のことだ」

「小瀬さまはどうしているのでしょうか」

「さあな。甲府に行ってから没交渉だ」

「小瀬さまに何か言づけでも？」

「小瀬直次郎は剣の達人であった。道場では俺と互角だったが、真剣で闘えば直次郎のほうが分があったろう。それに、いい男だった。そう、そなたに似ていた」

弥之助も目許涼しく、引き締まった顔立ちで、歌舞伎役者に似ていると言われた。

「なまじ、剣の腕に自信があったことが直次郎には不幸だった」

「何があったのでしょうか」

「うぬぼれだ。腕が立ち、見た目もいい。周囲の者がちっぽけに見えていたのだろう。上役や朋輩をばかにしたような傲岸《ごうがん》な振る舞いが災いして出世できなかった。そんないらだちからか些細なことで上役を殴って小普請組にされた。それでも、賄賂で御番入りを果たそうと女を使って金集めに奔走したのだ。俺も、それに手を貸したというわけだ。直次郎のやるせない気持ちもよくわかったのでな」

「そうでしたか」

「直次郎は人一倍、江戸に帰りたがっているはずだ。そんな男に、江戸を思いださせるように俺のことを話すのは酷だ。直次郎とて、忘れたいだろう」

「そうですか。では、小瀬さまにお会いすることがあっても、本多さまの話はしないほうがよろしいでしょうか」

「まあ、もし会うことがあったら、俺が剣術道場で働いていると話してくれ。あの男に、俺を巻き込んだという負い目があるかどうかはわからぬが」

三五郎は暗い顔をし、

「そなたはいくつだ？」

と、きいた。

「二十二です」

「若いな。そんな若いうちから甲府勤番か」

「………」

「だが、僻《ひが》むな。さっき言ったように、型を破り、自分に合った型を編み出すのだ。さすれば、今まで見えなかったものが見えてこよう」

「はい。精進いたします」

「では、俺はこれで」

その後、道場の仲間に別れの挨拶をし、保二郎といっしょに仁村道場の門を出た。そして、立ち止まって振り返る。

もう二度と足を踏み入れることがないかもしれないと思うと胸に迫るものがあった。

長い間、門を見続け、そして深々と頭を下げた。

「きっと、戻って来られるよな」

保二郎が泣きべそをかいて言う。

「青柳さまが頑張ってくださると思う。でも、俺は運命に任せる。仮に、二度と江戸の地を踏めなくともよいとさえ思っている」

「なんてことを」

保二郎は上擦った声で、

「だめだ。絶対に帰って来い」

と、訴える。

「保二郎。早く御番入りが叶うように祈っている。それから、おまえの嫁さんには会えぬだろうが、よい家庭を作れよ」

「弥之助。るいどのはどうするんだ？」

「それも運命に任せる。今、自分に与えられた定めに素直に従うだけだ」

「どうしたんだ、どうして、そんなに悟ったようなことを言うんだ」

「もう湿っぽい話はやめよう。明るく笑って別れよう。もし、定めがあれば、必ずまた会える」

「うむ」

「すまない。これから、るいどのに会ってくる」

「明日、見送りに行く」

「わかった」

保二郎と別れ、弥之助は八丁堀に急いだ。

半刻（一時間）後、弥之助はるいと会った。

「きのう、別れの挨拶をしたというのに、どうしても一目お目にかかりたくて来てしまいました」

「私も同じです。うれしゅうございます」

「るいどの」

「いよいよですね」

るいが悲しみを堪えた表情を向けた。

「甲府に行っても、私の心の中にはあなたがおります。いつかきっと迎えにきます」

「いつでも甲府に行けるように支度を整えております」

「ありがとう」

るいとしばしの別れを惜しみ、弥之助はあわただしく引き上げた。

下谷七軒町の屋敷に帰ると、文七が来ていた。

「お帰りなさいませ。お父上さま、お母上さまにご挨拶をしておりました」

文七は律儀《りちぎ》に言う。

「文七どのがついて行ってくれるそうだのう。わしも安心だ」

父が久し振りに笑みを湛《たた》えて言う。母も穏やかな表情になっていた。甲府勤番の話が持ち上がってから、元気をなくしていた父と母に笑顔が戻ったことに安心しながらも、いったい文七はどんな言葉をふたりに投げ掛けたのかが気になった。

「文七どのに甲府に送る荷の手配をしていただきました」

母の声にも力が籠もっている。

「そうですか。文七さん、ありがとう」

それから、自分の部屋に文七を連れて行き、

「あんなに沈んでいた父と母が元気を取り戻していました。文七さん、何を仰っていただいたのですか」

と、不思議に思っていることをきいた。

「青柳さまからも御留守宅のことにも目を配れと命じられていますので、るいさまの兄剣之助さまとご妻女の志乃さまの結婚に至るまでのお話をさせていただき

ました」

志乃にも上役の倅との縁組が持ち上がっていたが、剣之助と出会い、惹《ひ》かれ合って、ふたりは恋の逃避行をし、ほとぼりが冷めるまでの数年を酒田で過ごしたという。

「及川さまも倅が妻を娶れば、きっとご自分の大人げない仕打ちを後悔するはず。このことで目が眩《くら》んだだけで、及川さまは一廉の人物であり、このままですますはずはないという青柳さまのお言葉もお伝えいたしました。甲府勤番は二度と江戸に戻れぬと言われているが、必ずしもそうではないと」

「そうですか。それで父と母は望みを持ったのですね」

弥之助は身を引き締め、

「文七さん。私は江戸に戻ることを期待してはいません。そんな腰掛けのような気持ちでは十分なお勤めは出来ません。骨を埋めるつもりで甲府に行きます。それによって、おのずと道が開けると思います。青柳さまのお言葉を胆に銘じて旅立ちます」

「わかりました。私も同じ思いでお供をいたします」

「あなたにはご苦労をおかけするかもしれませんが、よろしくお願いいたします」

弥之助はこれからは文七だけが頼りだと思った。

翌朝、弥之助は小袖胴着に裁《た》っ着《つ》け袴、脚絆《きゃはん》に草鞋《わらじ》履き、腰の大小には柄袋をかけ、父と母に挨拶をし、早朝にやってきた文七とともに屋敷を出立した。

すでに保二郎が見送りにきていた。

三味線堀を過ぎ、向柳原《むこうやなぎわら》から神田川に出て、川沿いを昌平橋《しょうへいばし》までやって来た。

「ここまでで十分だ」

保二郎に言う。

「もう少し」

保二郎はまだついてくる気だ。

「きりがない」

「いや、もう少し」

「保二郎。泣いているのか」

「泣いてなんかいるものか」

弥之助は黙った。

昌平橋を渡って、武家地に入った。

「保二郎。もういい。ここで十分だ」

小川町《おがわまち》にさしかかって、弥之助は口にした。

「いや、大木戸まで」

内藤新宿の大木戸まで行くというのを、

「かえって別れが辛くなる」

と、弥之助は辛そうに言う。

「うむ」

それでも名残《なごり》惜しそうだったが、

「わかった。弥之助、達者でな。また、会えるよな」

と、保二郎はきのうよりも泣きそうな声で言う。

「おまえのことは忘れない」

「また、会えると言ってくれ」

「もちろんだ。会えるとも」

ほんとうに会えるかどうか、弥之助にはわからなかった。

「じゃあ、保二郎も達者で」

「便りを寄越せ」

「わかった。では」

保二郎と手をとりあってから、弥之助は飯田町《いいだちょう》のほうに向かって歩きはじめた。日本橋から新宿までは一里三十一町、神田の鎌倉河岸から飯田町を経由して行く。

保二郎は弥之助の姿が見えなくなるまで、ずっと見送っていた。

「弥之助さま。あちらを」

文七が前方に見える辻番所のほうを示した。

「あっ」

弥之助は声を上げた。編笠をかぶった侍が立っていた。剣一郎だ。弥之助は頭を下げた。急に瞼《まぶた》が熱くなった。剣一郎の姿を目に入れた瞬間、ずっと張っていた気がついえ、込み上げてくる涙を堪えきれなくなった。

三

周次郎は『甲州屋』に行き、仏間で父の位牌に線香を手向《たむ》け、母に会ったあと、兄周右衛門の部屋に呼ばれた。周右衛門の名を継いでからというもの、兄はだんだん雰囲気まで亡き父に似てくるようだった。

「周次郎。もう、これ以上は無理強いはしまい」

周右衛門が続ける。

「俺の役目は『甲州屋』を守っていくことだ。そのためには家訓が第一。しかし、おまえは家訓を快《こころよ》く思っていないようだ」

「俺が反発を覚えるのは、家訓の中で、定期的に奉公人の才覚とやる気をためし、それに通らねば店をやめさせるというものです」

「うむ。だが、あの家訓があるからこそ、皆、気を引き締めて奉公が出来るのだ。どこも、奉公がつらくてやめていく者が多いときく。うちはやる気さえあれば、必ず報われるはずだ」

「それはそうと気になるのは、妹尾別当の恩義を忘れまじというところです。確か先々代が体調を治してもらったということですが、それをどうして家訓として残さねばならないんだ」

「先々代は命の恩人と考えているのだろう」

「でも、それは先々代だけのことじゃ？」

「気持ちだ。人から受けた恩を代々忘れないという気持ちが商売に反映されるということだろう」

「それに、おかしいのは家訓に記された時期です。確か、十数年前だった」

「時期？」

「先々代が妹尾別当に体を治してもらったのは二十年近く前だろう。なんで、そのとき、家訓に記さなかったんだ」

「その後、妹尾別当は数年間、江戸を離れていたそうだ」

「再び、江戸にやってきたら、以前の恩を思いだして家訓に記したってことかえ」

「そうなるな」

「おかしくないか」

「…………」

「『甲州屋』は妹尾別当に何かしてるんじゃ」

「まあな」

周右衛門の歯切れが悪くなった。

「兄さんは……」

周次郎は声をひそめ、

「妹尾別当が座頭金の返済で、かなり強引な催促をして世間から嫌われていることを知っているのかえ」

「噂は聞いている。しかし、金を借りて返そうとしない人間こそ問題があるのではないのか。質屋とて同じこと」

「食うために、藁《わら》にもすがる思いで止むなく借りたんじゃないか。そんな人間が期限までに返せないのは十分にあり得ることだと思う」

「返せる見込みがないのに借りるのか」

「ひょっとして、商売上、『甲州屋』と妹尾別当とは深いつながりがあるんじゃないのか」

「つながり?」

「『甲州屋』で借りられなくなった、あるいは『甲州屋』に返済期限がきて返せなくなった客に座頭金を世話しているんじゃゃ」

「そんなことはない」

周右衛門に微かに狼狽《ろうばい》が見られた。

「兄さん」

「もういい。『甲州屋』に戻る気がないのなら、よけいな口出しはよせ」

「お父っつあんはほんとうは……」

周次郎は言いさした。

「ほんとうは、なんだ？」

「いや、なんでもない」

ほんとうは今のような商売のやり方に疑問を覚えていたのではないか、と周次郎は思ったのだ。

だが、言っても詮《せん》ないことだと思った。

「先々代は、甲府の出だそうですね」

「そうだ。『万石屋《まんごくや》』という両替商で番頭をやっていた。その当時の甲府勤番御支配が今の旗本勝山家の先代だ。江戸で商売をはじめた『甲州屋』を支援してくれたのも、甲府時代の誼《よしみ》からだ。勝山家と妹尾別当は先々代にとってともに恩人だ。恩に報いる。それが、先々代の信念だ」

「お父っつあんが墓場まで持っていくといった秘密とはなんなんだ」

「わからぬ。俺はてっきりおまえだけに話したのかと思っていたが、おまえは聞いていないという。お父っつあんはほんとうに墓場まで持っていってしまった」

「はい」

いや、父は何か言った。だが、それがほんとうのことかどうかわからない。それより、なぜ、自分に話したのか。そのことが最大の謎だ。ふつうなら、兄に話すべきことだ。それを自分に話したのは、兄に同じ苦しみを与えたくないからだろう。父は家訓に疑問を感じていた。だが、そのことは誰にも告げられなかった
家訓の否定は『甲州屋』の否定にも通じる。だから、『甲州屋』に関わりのない周次郎に打ち明けた。

「兄さん、そろそろ俺は失礼する」

「そうか」

「それからしばらく旅に出る」

「旅？　どこに行くのだ？　まさか、おきみさんを捜しにでは……」

「いえ。おきみのことは忘れたわけじゃないけど、もう捜すつもりはないんだ。知り合いが八王子《はちおうじ》で絹物商として店を構えたそうで、手伝ってくれないかと頼ま

れていたんだ。いい機会だから、八王子にしばらく行ってみようと」

「八王子か」

「はい。場合によっては向こうで暮らすようになるかもしれない。それできょうは別れの挨拶に」

「そうか。おまえが決めた道だ。好きにするがいい」

「はい」

周次郎は立ち上がった。

「おっ母さんには八王子に行くとは言ってない」

「言わずにおこう」

周次郎は『甲州屋』をあとにして、佐賀町の長屋に戻った。

すぐに腰高障子が開いて、大家がやって来た。

「周次郎。出立は明日か」

「へえ。八王子での様子次第ですが、一カ月を目処《めど》に出かけてきます」

とりあえず、三カ月先の家賃まで払った。行き先は八王子ではなく、甲府だ。

おきみを見つけだし江戸に連れ戻すまでの期間を最大で三カ月と見た。

「まさか、おきみさんを追っての旅じゃないだろうな」

「おきみは男と江戸を離れたんです。追いかけようにも、どこに向かったのかわからないし、見つけたとしても私を捨てて逃げた女が今さら私のところに戻ってくるなんて考えられません」

「そうか。まあ、気をつけて行って来い」

「はい。ありがとうございます」

大家が引き上げてから、旅の支度をする。

そして、夕方になって、蛤町の『楓家』に行った。

「いらっしゃい」

おのぶが迎えた。

いつものように二階の小部屋に上がる。

「どうした、あまりうれしそうじゃねえな」

周次郎は少しがっかりして言う。

「そりゃそうよ。来てくれるのはうれしいけど、いつも何もしないんですもの。喜びも半減よ」

おのぶが詰《なじ》るように言う。

「そうか」

「そうかってなにさ。ここはそういうことをするところじゃないと思っているの？」

「そうじゃねえが」

「おふじさんに気を使っているわけ？」

「そうじゃない」

「だったら、今夜は可愛《かわい》がって」

　おのぶは甘える。

「そうだな」

「また、気のない返事」

「じつは明日からしばらく江戸を留守にするんだ」

「まさか、甲府に？」

「違う。八王子だ」

「八王子？」

「俺の知り合いが商売をはじめたんだ。その手伝いだ」

「…………」

「俺ひとりになってしまったし、前々から誘われていたんだ」

「じゃあ、もうここに来てくれないの？」

おのぶが顔色を変えた。

「いや、ひと月ぐらいで帰ってくる」

「嘘よ。もう、来ないわ」

おのぶは不貞腐《ふてくさ》れた。

「また来るって」

「みんな、あたしから去って行くんだよ」

おのぶは自嘲ぎみに、

「また来るっていう言葉にさんざん騙されてきたんだ」

周次郎は返す言葉もなかった。あやふやな約束は出来ない。

「ごめんなさい」

おのぶがいきなり呟くように言った。

「竹蔵さんと周次郎さんのふたりがいっぺんに来なくなっちゃうんだもの、つい愚痴《ぐち》が出ちゃって」

「やっぱり、殺されたのはあの男だったんだな」

「ええ。町方がやって来たわ。あたしの客だっていうんで、いろいろきかれた」

「下手人はまだわからないのか」

「ええ、まだみたい」

「竹蔵のことで、岡っ引きはなんか言っていたかえ」

「竹蔵さんの仲間もその前に殺されていたらしいわ」

「仲間？」

「あたしには大店で奉公していたと言っていたけど、ほんとうはただの遊び人よ。賭場に入り浸っているような人間だと、岡っ引きが言っていたわ」

「じゃあ、博打《ばくち》での揉め事か。あのふたりも、堅気《かたぎ》の人間とは思えなかったからな」

周次郎は柳の木の陰にいた男を思いだして、

「俺が怪しいふたり連れを見たということを岡っ引きには？」

と、確かめた。

「話してないわ。周次郎さんに迷惑がかかったら困ると思って。それに」

「それに？」

おのぶは不安そうな顔になって、

「あのあと、妙な客が……」

と、口にした。

「妙な客？」

「周次郎さんのことをいろいろきいてきたの。ひょっとしたら、そのふたりのうちのひとりかもしれないと思って」

「……………」

あのふたりは、周次郎が『楓家』に入って行くのを見ていたはずだ。敵娼《あいかた》が同じだったことで、警戒しているのかもしれない。

「何をきいてきた？」

「そうね。どこに住んでいるとか、かみさんはいるのかとか……」

「で、なんと答えたんだ？」

「まだ日が浅いから何も知らないって。ほんとうよ」

「ほんとうのことを言ってくれ。どこまで、話したんだ？」

おのぶの目が微かに泳いだ。

「だから、何も知らないって」

「相手は素直に引き下がったわけではないんだろう」

「ええ。でも、ほんとうに何も知らないって。ただ……」

言いよどんでから、

「ここで働いていたおかみさんがいなくなったので、行き先を捜しに来ているだけだって話したの」

「そんなことを話したのか？」

「ごめんなさい。そう言えば、引き下がると思って」

「引き下がったか」

「ええ。かみさんに逃げられたのかって同情していたわ」

周次郎は苦い顔をした。

「ごめんなさい。よけいなことを言って」

「いい。ほんとうのことだ」

周次郎は自嘲ぎみに吐き捨てた。

「もう、二度と会えないんでしょう。わかっているわ。ねえ、抱いて」

おのぶがしがみついてきた。胸に伝わる温もりにおきみを思いだし、他の男に肌を許していたおきみへの嫉妬もあって、周次郎は狂おしいほどにおのぶとの享楽に耽《ふけ》った。

翌朝、周次郎は菅笠をかぶり、半合羽《はんがっぱ》に着物の裾を端折って護身用の道中差し、手行李《てごうり》の振り分け荷物を肩に、永代橋を渡り、鎌倉河岸から飯田町を過ぎ、四谷の大木戸を出て内藤新宿に差しかかった。

追分《おいわけ》で甲州街道と青梅街道に分かれる。周次郎は甲州街道に入った。

代々木町《よよぎちょう》を過ぎると、初夏の陽射しの中に旅人が目立った。武士もいれば、町人、年寄りや女もいる。

女には連れがいた。それが、梅助とおきみのような気がした。おきみも梅助に連れられてここを通ったに違いない。

周次郎は早足で高井戸《たかいど》を過ぎる。甲府に早く着きたいと、足は知らず知らずのうちに速くなり、府中《ふちゅう》に差しかかった頃には目に入る旅人の姿も変わっていた。だが、府中を過ぎて、ぴたっとついてくる旅人に気づいた。確か、代々木町でも見かけた男だ。

早足の周次郎に負けずについてくる。偶然とは思えない。陽が落ちてきて、鬱蒼《うっそう》とした大きな神社を見ながら府中宿に着いた。次の日野《ひの》宿までいけそうだが、ここに泊まることにした。

背後の旅人も府中宿に入った。

周次郎は適当な旅籠《はたご》に入る。戸口から通りを見ていると、向かいの旅籠に入って行く件《くだん》の旅人が見えた。『楓家』を見ていたふたりの男の片割れかどうかわからない。

「お客さん、どうなさいましたか」

ほっぺの赤い女中が声をかけた。

「すまねえ」

周次郎は上がり框に腰を下ろして濯《すす》ぎの水を使った。

二階の通りに面した部屋に通される。さっきの旅人が入った旅籠が目の前にあった。どこの部屋かわからないが、向こうからもこっちがよく見えるかもしれない。

宿帳を求めにきた亭主に、

「大きな神社がありましたね」

と、訊ねる。

「はい。大國魂《おおくにたま》神社です。歴史の長い由緒ある神社です。遠くからも大勢お参りにいらっしゃいますよ」

「そうですか。ちょっと行って来ます」

宿帳を書き上げてから周次郎は立ち上がった。

階下に行き、下駄を借りて外に出る。

向かいの宿にさりげなく目をやる。つけてきた者なら、外に出てくるのではないかと思い、わざとゆっくり歩く。

問屋場の前を過ぎ、高札場《こうさつば》を見て、鬱蒼とした杜《もり》の中の長い参道を拝殿に向かった。ときおり、背後に目をやる。

何人かが参道を入ってくるが、件の旅人だった男とは背格好が違う。

一礼をして鳥居をくぐり、手水場《ちょうず》に行って手を清め、本殿に向かう。豪壮な社《やしろ》だ。周次郎は拝殿の前に立ち、おきみと会えるように祈った。

思えば、おきみが甲府に行ったという明らかな証《あかし》があるわけではない。とんでもない見当違いかもしれないのだ。

もし、おきみが甲府にいなかったら、もう捜し出すことは出来まい。そんな悲愴な気持ちで、おきみとの再会を祈った。

手を解き、拝殿の前から離れる。周囲に参拝客がいるが、怪しい男はわからなかった。

そのまま、周次郎は旅籠に戻った。

翌朝、握り飯を作ってもらい、夜が明けきらぬうちに草鞋をはいた。

件の男が泊まった旅籠の戸口に人影はなく、ひっそりとしていた。周次郎は女中に見送られて府中宿を出立した。

埃っぽい街道を急いでいてはっとした。石地蔵の横に腰を下ろして莨を吸っている菅笠の旅人を見つけた。

周次郎に気づくと、男は煙管の灰を捨てて立ち上がり、そのまま先に行った。明らかに周次郎を待っていたように思える。

『楓家』のおのぶにいろいろきいていた男だろうか。しかし、男は周次郎を無視してどんどん先を急いだ。早足の周次郎が追いつけない速さだ。

多摩川《たまがわ》に出て、日野の渡し場にも件の男の姿はなかった。追い抜いて来たわけではないので、すでに対岸に渡ったのだろう。

川を渡り、やがて日野宿だ。そこを素通りし、昼前に八王子宿をも通過した。ここまで、例の男には追いつけなかった。

やがて、急な上りと狭い道、峻険《しゅんけん》な山道に差しかかった。年寄りの旅人は息を切らし、歩くのも遅くなった。小仏峠《こぼとけとうげ》を上っているのだ。周次郎も汗が出てきて、立ち止まって手拭《てぬぐ》いで汗を拭《ふ》いた。

そのとき、何気なく振り返って、あっと声を上げた。件の菅笠の男が立ち止まった。いつの間にか、追い抜いていたのだ。

自分をつけていることは間違いないと思った。つけられる理由に思い当たらない。いや、竹蔵殺しの件だ。だが、江戸を離れた男を追ってくるとは思えない。いや、早いうちに危険の芽を摘むため、江戸を離れてから始末をしようと企《たくら》んでいるのかもしれない。

周次郎は背後に注意を傾けながら、峠を登って行った。

四

その日、剣一郎は神田相生町《あいおいちょう》の道具屋『大貫堂《おおぬきどう》』に来ていた。ゆうべ、また妹尾別当の使いが来て、返済期限の迫った借り主に催促に行くとのことだった。

前回の催促では強引ではあったが、武士のほうも居留守を使ったりして、借金を踏み倒そうとしていた。弱者の座頭がお金を返してもらうにはあのくらいのことをしなければならないという妹尾別当の言い分にも一理あることを認めざるをえなかった。

今度は町人の催促に立ち会いたいと頼んでおいたのだ。約束通り、妹尾別当が知らせてきたというのは、強引な取り立てはしていないことを見せつける狙《ねら》いがあるのはわかっている。

少し離れた場所に立っていたが、まだ妹尾別当はやって来ない。晴れ渡った空を見上げて、ふと弥之助のことが脳裏を掠《かす》めた。弥之助が甲府に出立して三日経った。

今時分、どこら辺りか。大月《おおつき》を出て、笹子峠《ささごとうげ》を越えただろうか、と剣一郎はつい心配する。義理の息子になる男なのだ。

それにしても、弥之助は立派な覚悟を見せた。甲府に行く道から逃げずに真正面からぶつかって行った。

るいへの心配りも申し分なかった。さすが、俺が見込んだ男だけのことがあると悦《えつ》に入ったとき、通りのかなたからぞろぞろと座頭の一団がやって来た。

その先頭にいるのが妹尾別当だ。検校の総元締めの惣録の株は千両だと言われている。あといくら金を貯めれば検校になれるのかわからないが、ゆくゆくは惣録になることに執念《しゅうねん》を燃やしているのだろう。惣録になれば大身の旗本並の地位になる。

当道は寺社奉行の支配下にあるが、貸し金の揉め事は町奉行所が扱う。剣一郎は書類を調べてみたが、かつては度が過ぎる取り立てやあくどいほどの高利をとっていた検校や別当が入牢した例があった。

それらの例と比べると、妹尾別当は不法ぎりぎりの線でうまく立ち振る舞っていると言わざるを得ない。

きょうここに剣一郎を呼んだのも、御法度にはひっかからないという自信の現われであろう。

妹尾別当は杖で地べたを探りながら、『大貫堂』に近づいた。行きすぎたかに思えたが、少し引き返し、店先に立った。

中から亭主らしい男が出てきて、妹尾別当にぺこぺこ頭を下げ、

「どうかあと三日ほどお待ちを」

「おや、今なんと仰いましたな。三日待てと？」

「はい。三日後に必ず」

四角い顔の亭主は三十半ばぐらいだろう。

「今払えぬのに、どうして三日経てば、返済が出来るのですか」

「親戚が貸してくれることになっています。ですから、必ず」

「ほんとうに貸してくれるのですか」

「はい。間違いありません」

「どなたですかな」

「私の叔父にあたるひとです」

「ですから、どなたかときいているのです」

「本郷四丁目で骨董店をやっています」

「なら、三日後に返せなかったら、私どもは叔父さんのところに催促に行きます。よろしいですかな」

「待ってくれ。叔父は関係ない」

「おやおや、また、我らを騙そうとしているんじゃないでしょうな」

「とんでもない」

「まあ、よい。では、三日お待ちしましょう。その代わり、証文を書き換えていただきます。利子は当然、高くつきます。でも、礼金はとりませんよ」

「利子が高くなるんですか」

「三日だけだからたいした額にはなりませんよ」

「でも、利子が高くなるなんて」

「いやなら、今すぐ、耳を揃えて返してもらいましょう」

「どうか、お願いです。今の条件のままで三日の猶予《ゆうよ》を」

亭主は頭を下げる。

「だめです。約束は約束です」

妹尾別当が背後の者たちに合図を送った。

突然、鉦と太鼓が鳴り響いた。亭主はびっくりしてのけ反った。それから、座頭たちが口を揃えて叫んだ。

「お金をお返しください。弱い者から借りたお金をどうか踏み倒さないでくださ い」

「やめてください」

亭主が悲鳴を上げた。

そのとき、剣一郎はおやっと思った。

店から浪人が出て来た。

「なんだ、うるさいではないか」

髭面《ひげづら》の大柄な浪人だ。

「亭主。客を放って何をしているのだ。早く、品物を見せろ」

「お客さま、申し訳ございません。ちょっと取り込み中でして」

「取り込み中？　この連中か」

浪人は妹尾別当の前に立ち、

「俺のほうが先客だ。あとで出直せ」

「何を仰いますか。我らは貸した金を返してもらいにきたのです」

「俺には関係ないことだ。俺だって急いでいるんだ。邪魔をするな。さあ、帰れ」

浪人は妹尾別当の胸を突いた。

「ご無体な」

妹尾別当は叫んだが、浪人はおやっという表情をしている。

「どうか、哀れな座頭にご慈悲を。お金を返していただかなければ我らは干上がってしまいます」

「きさま」

浪人が刀の柄に手をかけたまま固まったように動かない。

そのうち、浪人は後退った。

「亭主。俺は引き上げる」

「あっ、お待ちください。それじゃ、約束が……」

亭主がはっとして口をつぐんだ。

「大貫堂さん。汚い真似をなさいますな。仕方ありません。さあ」

妹尾別当が声をかけると、再びいっせいに鉦と太鼓が鳴り響いた。

「おやめください」

亭主が悲鳴を上げた。

「証文を書き換えますから。どうかお静かに」

「信用なりませぬな」

「ほんとうだ」

「わかりました。最初からそう仰ってくだされば」

妹尾別当は懐から借用書を取り出し、

「では、新たに書いていただきましょう」

妹尾別当は店の中に入った。大勢の座頭は騒ぎ立てることもなく、ぞろぞろと引き上げて行った。

妹尾別当が出て来た。そして、目が不自由なぶん、嗅覚や勘が鋭くなっているのか、杖をつきながら、剣一郎の前にまっすぐやって来た。

「青柳さま」

妹尾別当は皮肉そうな目を向け、

「ご覧いただけましたか。今の浪人、亭主が雇ったのでございますよ。威《おど》せば、尻尾《しっぽ》を巻いて逃げて行くと思ったのでしょう」

「そのようだな」

「おわかりいただけましょう。私どもから金を借りる者たちはなんとか借金を踏み倒そうとよからぬことを考えているんです。ここまでしないと、なかなか取り立ては出来ないのですよ」

「しかし、三日待つだけで、高利を貪《むさぼ》るのはいかがなものか」

「そのお約束でお金をお貸ししています。いざ返す段になって、あれこれ文句を言うのはお門違いでございます」

「確かに、借りるほうにも問題がある。しかし、大勢の座頭を従えて催促に出向くのは威しにもなりかねない」

「こっちは目がみえないのでございますよ。ひとりでのこのこ出向いて、襲われでもしたら、えらいことですからね。さっきの浪人もそうです。もし、私がひとりなら斬られていたかもしれません」

「前回と言い、今回と言い、いささか乱暴なやり方だが、そなたの言い分に理がある。だが、借金は当人の問題であり、叔父に催促に行くのは筋違いではないのか」

「お金を貸すとき、もし返せなくなったとき、肩代わりをしてくれるひとはいるかと確かめます。名前までは書いてもらえませんが、そのことも承知で借りているのです。借りる人間はそのようなことを忘れてしまうんですよ。では、失礼いたします」

妹尾別当は辞儀をし、剣一郎の脇をすり抜けて行った。

剣一郎は『大貫堂』に向かった。

店先に立つと、亭主が悄然《しょうぜん》として店番をしていた。

「ごめん」

編笠をとって土間に入る。

「いらっしゃいませ。あっ、あなたさまは……」

青痣与力とわかったようだ。

「今の騒ぎを見ていた」

「お恥ずかしいところを……」

「あの浪人はそなたが雇ったのか」

「はい」

一拍の間を置いて答える。

「なぜ、そんな真似をしたのだ？」

「店の前で騒がれたら、近所に顔向け出来ません。あの浪人に威してもらえれば、大騒ぎはやめさせられると思ったんです」

「借金を踏み倒すつもりだったのか」

「そんなつもりはありません」

亭主は気弱そうな目を向けた。

「叔父が貸してくれるのは間違いないのか」

「…………」

「どうなんだ？」

「頼んでいるのですが……」

「借りる手筈は整っていないのか」

「はい」

「では、三日後、返せないのではないか」

「………」

「妹尾別当は叔父のところに行く。それでもいいのか」

「叔父は私が泣いて頼んでもお金を貸してくれませんでした。だから、やむなく、座頭金を借りてしまったのです」

「金を貸してくれなかった叔父を恨んでいるのか」

「………」

「はじめから叔父を困らせようとして?」

「そういうわけでは……」

「借りた金は何に使ったのだ?」

「………」

「どうした?」

「ちょっと手慰《てなぐさ》みに」

「手慰み?　博打の負け金か」

「はい。払わないと簀巻《すま》きにされて川に投げ込まれてしまいます」

「いくらだ?　いくら妹尾別当から借りたのだ?」

「十両です。でも、利子が積もって、返済は三十両です」

「なに、十両が三十両だと？」

「はい」

「それを承知で借りたのか」

「はい」

「かみさんは？」

「とっくに愛想を尽かして出て行きました」

亭主は肩を落とした。

「これから、どうするつもりなのだ？」

「わかりません」

亭主は虚《うつ》ろな目で言う。

剣一郎は店の中を見た。塗りの剝げた茶簞笥《ちゃだんす》や長火鉢《ながひばち》が置いてあるが、みながらくたばかりのようだ。

「そなた……」

剣一郎は気づいた。

「夜逃げするつもりではないのか」

亭主は体をぴくりとさせた。

「そうなのだな」

がくんと肩を落とし、

「金を返せるあてはありません……」

と、亭主は弱々しい声で言う。

「逃げたら、借金を踏み倒した罪で咎人《とがにん》になる」

「叔父が返してくれれば」

「返してくれると思うか」

「…………」

「どこへ逃げるつもりだったのだ?」

「王子《おうじ》のほうに知り合いが……」

「いつ逃げるつもりだったのだ?」

「明日です」

「金を貸してくれなかった叔父に復讐し、自分はどこかでやり直すのか」

「…………」

「そのような無責任なことをして心が痛まぬのか」

「他にどうしようもありません。妹尾別当はまとめて金を返さなきゃ許してくれません。首をくるか、盗っ人になるか」

　亭主は自嘲ぎみに言う。

「やるべきことは、ふたつだ。妹尾別当にこのままでは借金を返せないと正直に訴えるのだ」

「だめです。許しちゃくれません」

「では、叔父に訴えろ。少しずつ返済していくという誓約書を書いて、金を借り、妹尾別当に返してしまうんだ。返済が延びれば延びるほど利子がつき、返済額が増える」

「わかりました。叔父さんにもう一度頭を下げてみます」

「それがいい。そなたが誠意を見せれば、叔父どのも必ずわかってくれよう。夜逃げなど、卑怯《ひきょう》な真似をしてはならぬ」

「はい」

「あと三日ある。仮に叔父への申し出が不調に終わっても、逃げてはならぬ。よいな」

「はっ」

剣一郎は諭《さと》して店を出た。

夜になって、剣一郎は上野元黒門町にある黒板塀に囲まれた妹尾別当の家を訪れた。

出て来た妾に、

「別当どのにお会いしたい」

と、申し入れる。

「少々お待ちください」

妹尾別当が妾に手を引かれて出てきた。

「これは、また」

皮肉そうな笑みを浮かべ、妹尾別当は見えない目を向けた。

「『大貫堂』の亭主のことだ」

剣一郎は挨拶抜きで切り出す。

「はて、なんでございましょうか。まさか、返済の金を負けてやれというのではないでしょうね」

「そこまでは言わぬが、考慮をしてやれぬか」

「無理でございます。貸したものは返していただく。それだけのこと。本人が返せねば他の者からでも。我らは金さえ戻ればいいのです」

「しかし、本人が夜逃げをしたらどうするのだ？」

「そしたら、他のお方に返済をお願いいたします」

「大貫堂の叔父か」

「さようでございます」

「大貫堂と叔父はうまくいっていないようだ。そのことを知っているか」

「どういうことでございますか」

「大貫堂は最初からそなたたち座頭が叔父の家に押しかけることを狙っていたのだ。叔父へのいやがらせ、つまり復讐だ。そのため、明日、夜逃げをする算段だった」

「そうでございましょう。座頭から金を借りる輩はみなそうなのでございますよ。あわよくば、借金を踏み倒そうとする者ばかり」

「そなたは、図《はか》らずも大貫堂の悪巧《わるだく》みに加担するところだった」

「青柳さま。私どもはあくまでもお金が返ってくればよいのです。先方の思惑《おもわく》など関係ありませぬ」

「そなたは、なぜそうまでして金を稼ごうとするのだ。検校になり、ゆくゆくは惣録にまで成り上がりたいか」

「はい。私の夢でございます」

「惣録になって何をする？」

「さあ、何をいたしましょうか。検校を老中に送りこむというのはいかがでしょうか。老中の半分を座頭が占める。痛快でしょうな」

冗談とも本気ともつかぬ言い方で、妹尾別当は笑った。その笑みの中に狂気のようなものを見つけ、この男をこのままのさばらせてはならないと、剣一郎は改めて思った。

五

江戸を出立し、四日目。弥之助と文七はまだ大月にいた。前日は猿橋《さるはし》宿に泊まり、桂川《かつらがわ》にかかる猿橋を見物した。

猿橋は岩国《いわくに》の錦帯橋《きんたいきょう》、黒部《くろべ》渓谷の愛本橋《あいもとはし》と並ぶ日本三大奇橋のひとつで、文七がせっかくだから見てみたいと言い出したのだ。

深い渓谷にかかる猿橋は両岸から三層のはね木で橋を支えている。新緑に覆われている猿橋の姿は沈みがちだった弥之助の心を慰めた。だが、それも一瞬で、かえってるいを思いだしてよけいに切なくなった。るいといっしょならどんなに楽しかっただろうか。

しかし、文七が弥之助の気分を引き立てようとしてくれていることは身に沁みた。

すでに甲斐の国に入っている。大月を出て、やがて急な山道にさしかかる。川のせせらぎがずっと下のほうに聞こえた。

戦国武将が戦勝を祈願したという矢立ての杉に手を合わせ、先に進む。渓谷の道は狭く、杉林が鬱蒼としている。

甲州街道随一の難所笹子峠だ。急坂の上りで、旅人の足の運びが緩慢《かんまん》になる中、荒い息を吐きながら、弥之助たちを追い抜いて行った男がいた。急いでいるのか、黙々と上って行く。

しばらくして、背後から同じように早足で弥之助たちを追い抜いて行った旅人がいた。

「連れでしょうか」

文七が早足のふたりを不思議そうに見送って言う。

「妙ですね」

弥之助は怪訝に思った。

「弥之助さま、何か」

「あとからの男、まったく息が乱れていなかったようです」

「そういえば、最初に行った男はかなり息を弾ませていましたね。連れなら同じように息が荒くなっているはずです」

「そうですね」

ほとんどの旅人は息を弾ませている。ひょっとして、あとからの男はこの峠の上り下りに馴れているのかもしれない。

やがて、峠の頂上に着く。神社があって、旅人は思い思いに休んでいる。

文七が辺りを見回し、

「さっきのふたりはいませんね」

「急いでいたから、休みをとらず先に行ったんでしょう」

そのとき、杉林の奥から悲鳴のような声が聞こえた。

「弥之助さま。ひとの叫び声です」

「行ってみましょう」

　街道を外れて杉林に入った。ひとの争う声が聞こえた。杉の木陰にふたつの影が見え隠れする。ふたりとも菅笠をかぶった旅装姿だ。さっき追い抜いて行った旅人だ。

　ひとりの男が尻餅《しりもち》をつき、もうひとりが道中差しを振りかざした。

「待て」

　弥之助が怒鳴って駆けつける。

　道中差しを振りかざしていた男がこっちを見た。

「やめるのだ」

　弥之助は両者の間に分け入ろうとした。すると、いきなりその旅人が弥之助のほうに斬りかかってきた。

　弥之助は飛び退いて身を躱《かわ》す。

「何者だ？」

　再び、相手は斬りかかってきた。かなり腕の立つ男だ。弥之助は刀に柄袋がしてある。鍔《つば》まで覆ってあるので、刀はすぐに抜けない。

　また、相手はそのことを承知して、刀を抜かせまいと矢継ぎ早に襲ってくる。

「私が相手だ」

文七が道中差しを抜いて相手に向かった。相手は文七の剣を弾いた。文七は休まず斬りかかる。相手は後退した。

その間に、弥之助は柄袋をとり、抜刀した。

文七が守勢に転じたとき、弥之助は男の前に飛びだした。

「私が相手だ」

弥之助は剣を正眼に構えた。

だが、いきなり、男は逃げ出した。

「待て」

文七が追いかけた。

弥之助が刀を鞘《さや》に納めたとき、助けた男が声をかけた。

「助かりました。ありがとうございます」

二十五前後の鼻筋の通った商人ふうの男だ。

「何者なんです？」

「わかりません」

「追剝《おいはぎ》とは思えませんが？」

「江戸からつけてきたようです」

「江戸から？」

　文七が戻ってきた。

「逃げられました。勝沼宿のほうに走って行きました。やはり、この道を行き馴れているようです」

「腕も立ちます。武士かもしれませんね」

「武士ですって」

　男が不思議そうに口をはさむ。

「心当たりは？」

「まったく、ありません」

「そうですか。でも、あなたが気づかないだけで、何かあるのかもしれません」

「へえ……」

　男は表情を曇らせた。何か心当たりがあるのかもしれない。

「お侍さまはどちらまで？」

　男が思い詰めた目できく。

「甲府です」

「私も甲府まで行きます。ごいっしょさせていただけないでしょうか。いえ、近くにいるだけで決して邪魔はいたしません」

「それは構いませんが、ずいぶんお急ぎのようでしたが?」

「ただ気が急《せ》いていただけなのです」

事情があるようだと思い、弥之助は請け合った。

「また、この先で待ち伏せているかもしれません。ご一緒しましょう」

「ありがとうございます。私は周次郎と申します」

「周次郎さんですか。私は高岡弥之助」

「私は奉公人の文七です」

文七も名乗った。

弥之助ら三人は笹子峠を下った。途中、さっきの男の影はなかった。

勝沼宿に近づいて、眼下に甲府盆地が広がってきた。弥之助は思わず声を上げそうになった。かなたに甲斐駒《こま》ヶ岳《たけ》が望め、富士《ふじ》も見えた。

「あそこが甲府城下のようですね」

文七が指を差して言う。

「あそこか」

弥之助は感慨深く言う。

ここで生涯を終えるかもしれないと思うと、心ノ臓が締めつけられるようになった。果たして、るいを呼び寄せることが出来るか。ひとりで過ごさねばならないかもしれない。その覚悟は出来ている。

周次郎も思い詰めたような目を向けている。

さらに下って、勝沼宿に着く。ぶどうの産地だと、文七が言うように、あちこちにぶどう畑が目に入った。

まだ陽が沈むまで一刻（二時間）近くありそうだった。

「石和《いさわ》まで行きましょうか」

文七が言い、勝沼宿から栗原《くりはら》を経て、笛吹川《ふえふきがわ》を渡り、陽が落ち切らぬうちに石和宿に着いた。周次郎はいっきに甲府まで行きたそうだったが、甲府に着くころは暗くなっていると文七が諭した。

本陣の近くにある宿に泊まった。

部屋は周次郎と別にとったが、夕餉《ゆうげ》を共にした。

「少しお訊ねしてよろしゅうございますか」

周次郎が夕餉のあと口を開いた。

「どうぞ」

「弥之助さまは甲府には公用でございますか」

「そうです」

「御用道中であれば、いろいろ問屋場で融通をつけていただけるのではありませんか」

「そうらしいですね。でも、私はのんびり旅をしたかったので……」

甲府勤番を受け入れたとはいえ、心からではない。だから、せめてもの抵抗だったのかもしれない。好き好んでの旅ではないという思いはこういうことでしか表せなかったのだ、と弥之助は自嘲した。

「じつは、私は甲府勤番として赴任するのです」

弥之助は改めて言う。

「甲府勤番ですって？」

周次郎が意外そうな顔をした。

「失礼ですが、何か不始末でもあったんですか」

甲府勤番が旗本・御家人の懲罰的な意味合いがあることを、町人の周次郎でも知っているようだった。

「何もないんですよ。ちょっと、深い事情がありましてね」

文七が横合いから口を入れた。

「深い事情ですか」

「ええ、それより、昼間の男です」

文七は話を逸《そ》らした。

「あなたは何か心当たりがあるんじゃありませんか」

「へえ。江戸で竹蔵って男が殺されました。その竹蔵を見張っていたらしいふたりの男を見ていたんです」

周次郎は深川の遊女屋での話をした。

「竹蔵ってひと」

文七が興味を示して、

「どこで殺されたんですね」

と、きく。

「深川の油堀川にかかる千鳥橋です」

「千鳥橋……。で、ふたりの顔を見たんですかえ」

「ええ。ふたりとも剣呑な雰囲気でした。ただ、顔ははっきりとはわかりません。でも、もしかしたら会えばわかるかもしれません」

「そうですかえ」

「てっきり、そのうちのひとりが私の口を封じようとしたのかとも考えたのですが……」

「甲州街道を追ってきて笹子峠で殺そうとするのはちょっと解せませんね」

弥之助は疑問を口にする。

「仰るとおりです。もし、襲うなら江戸にいるときに襲っているはずです。だとすると、考えられるのは……」

周次郎はおきみといういっしょに暮らしていた女が岡場所で働いていたことから、突然、客の梅助と店からいなくなったことまで話した。

「梅助は甲府の人間らしいことがわかり、おきみも甲府に行ったんじゃないかと考えたのです。それで、おきみを捜しに甲府に行くところなんです」

「しかし、それでも周次郎さんを襲うという理由がわかりませんね。おきみさんを連れ戻される恐れを抱いたとしても、そこまでするのは異常です」

「へえ。ですが、私の心当たりと言ったら、そのふたつです」

「おきみさんはどんな方なのですか」

「どんな？　姿形ってことですか」

「いえ、生まれや育ちです」

「深川の職人の娘です。ふた親がなくなって、ひとりで生きてきたんです。門前仲町にある『たちばな』という料理屋で働いていたんです。でも、私と暮らすようになってから、しばらくして近くの曖昧屋《あいまいや》に……。そのことをずっと隠していました」

「変ですねえ」

　文七が口をはさんだ。

「お話を聞いている限りでは、おきみさんは周次郎さんのために心底尽くしてます。他の男といっしょに逃げるなんて考えられませんが」

「じつは、私は大伝馬町にある『甲州屋』という質屋の次男坊なんです。あることで親に逆らい、勘当されました」

　危篤になった父親が、周次郎の勘当を解いて『甲州屋』に戻すために、梅助を使っておきみに因果を含めさせたのではないか。周次郎はそう話した。

「そうだとしたら、おきみは私のために身を引いたことになります。よけいにおきみが不憫でなりません。私にはおきみが必要なんです。だから、連れ戻しに行くところです」

「なるほど。よくわかりました。でも、それならあなたを殺そうとするはずはありませんね」

弥之助は首を傾げた。

「失礼ですが、『甲州屋』さんは甲府とどのような関わりがおありなんで？」

文七がきく。

「はい。先々代の祖父は若い頃、甲府の両替商『万石屋』の番頭をしていました。その後、祖父は江戸に出て『甲州屋』をはじめたのです」

「すると『甲州屋』さんと甲府の『万石屋』は深いつながりが？」

文七は身を乗り出すようにしてきく。

「はい。梅助という男は『万石屋』に関わりがある男ではないかと睨んでいます」

「すると、周次郎さんの狙いは『万石屋』なんですね」

文七が確かめる。

「はい。そこに必ず梅助が現われる。そう睨んでいます」

「おかしいですね」

弥之助はまたも首をひねった。

「あなたを殺さねばならない理由はどこにもありません。あなたを殺して誰が得をするのか……。しかし、賊は明らかにあなたを狙っているようですね。江戸からつけてきて、隙を窺っていたのでしょうから」

「ちょっと気になることが」

周次郎が不安げに口を開く。

「じつは、私は兄に甲府に行くとは言わず、八王子で知り合いの商売の手助けをすると話したのです。あの賊は八王子まで静かについてきました。甲府に向かうとわかったので、襲ったのかもしれません」

「あなたを甲府に行かせたくない人間がいるというのですね。つまり、あなたをおきみさんに会わせたくない人間がいるという……」

「わかりません。ただ、八王子に行くという話は兄と大家さん、それに『楓家』のおのぶという女にしか話していません」

だが、殺しまでする必要はないはずだ。仮に、会わせたくないとしても、どうして周次郎を殺そうとするのか。

「弥之助さま」

文七が口調を改めて、

「周次郎さんをお屋敷に置いてあげていただけませんか」

「えっ？」

周次郎が目を見開いた。

「おきみさんを捜し出すまで時間がかかりましょう。その間に、いつさっきの殺し屋が現われるかもしれません」

「確かに、そのほうがいいでしょうね」

弥之助は周次郎に顔を向け、

「どうぞ、うちにいらしてください」

「よろしいんですかえ」

周次郎は居住まいを正し、

「願ってもないことでございます。どうか、よろしくお願いいたします。物置小屋でも構いません」

「奉公人という形にしておきましょう。そうすれば、周囲から怪しまれないでしょう」

弥之助は頷きながら、さっきから気にかかっていることがあった。

文七がかなり周次郎のことに興味を示しているように感じられたのだ。それに、『万石屋』の名が出たとき、文七の目が鈍く光ったのを見逃さなかった。

文七は何らかの目的があるのではないか。そんな気がしたが、弥之助には想像がつかなかった。

竹蔵殺しに関わっているかもしれないふたりの男を見たという話に興味を示したのは、文七が青痣与力の手の者だということから納得出来るが、文七がなぜ『甲州屋』と『万石屋』とのつながりに興味を示したのかは不思議だ。

文七は何を考えているのか。

弥之助は今まで、剣一郎が弥之助のためを思って、文七をつけてくれたのかと思っていたが、ひょっとしたら、自分を見張るために剣一郎が文七を寄越したのではないか。そんな疑念が生まれた。

やはりほんとうは、るいを甲府にやりたくないのではないのか。だから、弥之助がるいを呼び寄せることのないように、剣一郎は文七に見張らせている。

弥之助の背中を戦慄《せんりつ》が走った。すぐにそんなはずはないと思いつつも、文七への疑いは消えそうになかった。

第四章　甲府《こうふ》勤番

一

朝早くに、剣一郎は御徒衆の須藤文左衛門《すどうぶんざえもん》の屋敷を訪れた。妹尾別当の激しい取り立てから自刃に追い込まれた早川一馬の妻女律《りつ》の実家である。

律の父文左衛門が剣一郎の申入れを受けて、離れに案内してくれた。障子が開け放たれた部屋の真ん中で、律は足を崩してぽつねんと座っていた。

しばらくみていたが、同じ姿勢のままだ。

「あのようなありさまです」

文左衛門が呻くように言った。

そして、庭先に立ち、

「律」

と、呼びかけた。

目は虚ろで、呼びかけても反応を示さない。美しい顔立ちだけによけいに哀れを誘った。あまりにも凄まじい現実に直面し、心が壊れてしまったのだ。

「話をすることさえ無理でござる」

「いたましい」

剣一郎はやりきれないように言う。

律は父と同じ御徒衆の早川一馬のところに嫁いだ。だが、嫁いだ翌年、原因不明の高熱に冒《おか》され、床についた。そこからずっと寝たきりで、薬代が嵩《かさ》んだ。だが、ようやく回復しかけてきたとき、今度は一馬のふた親が相次いで病魔に襲われた。看病の人間を雇ったり、高価な薬を手に入れたりと、金がかかり、札差《ふださし》からの借金ではおいつかず、とうとう妹尾別当から金を借りてしまった。

「返済の催促は凄まじかったのですか」

「そうです。座頭が大勢押しかけ、周囲に聞こえるような大音声。皆部屋の隅で震えていたそうです」

「で、金はどうしたのでしょう」

「妹尾別当は、返せないなら組頭どのに催促に行くと言い、組頭のところに押しかけたようです」

「で、組頭が返したのですか」

「組頭と私どもが半々に」

「なぜ、早川一馬は自刃を？　妹尾別当の激しい取り立てに疲弊してしまったのでしょうか」

もし、そのことが明らかに出来れば、妹尾別当を追い詰められる。そう思ったが、文左衛門の表情は冴《さ》えなかった。

「それは一番大きいと思いますが……」

文左衛門はちょっと言いよどんだ。

「何か」

「いえ、確かに、妹尾別当の借金の取り立ては凄まじいものでした。わしの知り合いの者も取り立てに遭い、親戚中に頭を下げて金を駆り集めてやっと返済しましたが、それまでは毎日のように屋敷の前に押しかけてがなりたてるので、夜逃げまで考えたそうです」

「夜逃げまで？　ちなみに、そのお方の名前を教えていただけませぬか」

「本郷に屋敷のある坪井平太郎《つぼいへいたろう》です」

剣一郎はその名を頭に刻んだ。折りを見て、話を聞きにいってみようと思った。

「でも」

　文左衛門が困惑ぎみに、

「一馬が死んだのは妹尾別当の催促だけが理由ではないのです」

「どういうことですか」

　剣一郎は不審に思ってきいた。

「組頭どのの叱責が大きかったようです」

　文左衛門は一拍の間を置いて答えた。

「組頭どのの叱責？」

「はい。借金を半分肩代わりしてくれましたが、進んでしてくれたわけではありません。座頭に毎日のように押しかけられ、やむなく支払ったもの。その怒りは、当然一馬に向かいました」

　組頭にしたら理不尽なことに違いなく、怒りを向けるのは当然のことだろう。

「一馬は組頭に呼ばれ、金の返済期限を決め、返済が滞ったら、利子代わりに律を差し出せと迫られたそうです」

「差し出す？」

「一晩、律を貸せと迫ったそうです」

「組頭が？」

剣一郎は耳を疑った。

「はい。一馬にはそのことも大きな打撃だったようです。それから、律を離縁し、その後、腹を切りました」

「なんと。では、妹尾別当だけであれば、律どのを離縁したり、自刃するようなことはなかったかもしれないと」

「そうです。一馬の死を知って、娘は一切の感情を失いました。医者にも診せていますが、いっこうによくなりません」

「そうですか。よくわかりました。どうぞ、律どのをお大事に」

剣一郎は礼を言って引き上げた。

宇野清左衛門から聞いた話では、ひょっとしたら妹尾別当の度を越えた振る舞いを糾弾《きゅうだん》出来るかもしれないと思ったが、事情は変わってきた。

やはり、妹尾別当はあとあと罪に問われないようにぎりぎりの線を心得ているようだ。

その足で、剣一郎は大伝馬町にある『甲州屋』に行った。客間で、主人の周右衛門と差し向かいになる。

「じつは、妹尾別当のことでお邪魔した」

剣一郎は挨拶のあとで切り出した。

「妹尾別当のことで？」

周右衛門は意外そうな顔をした。

「こちらとは浅からぬ間柄と聞いたが？」

「はい。先々代である祖父が肩が張り、頭痛に苦しんでいたのを、妹尾別当の按摩で治療していただいたそうです。そういうわけで、妹尾別当を『甲州屋』の恩人として崇《あが》め立てております」

「何年前だ？」

「二十年前だと思います」

「二十年前だとすると、妹尾別当の位は座頭？」

「はい、松の市と名乗っていたそうです。私はまだ七、八歳で、あまり覚えておりませんが」

「松の市の按摩や鍼灸の腕はかなりなものだったのだな」

「…………」

「どうした？」

「いえ、相当な腕だと思われますが、私はやっていただいたことがないので」

「やってもらう必要はないのか」

「いえ、松の市さんは今は按摩も鍼灸もやられていません」

「なるほど。今は金貸しが主か」

「はい」

「先々代は相当な援助をしたのか」

「はい。それは先代にも引き継がれていましたが、さすがに額は少なくなっています」

「いくらぐらいだ？」

「新年に二十両です」

「二十両だと」

剣一郎は呆れ返りながら、

「その金で、官位を手に入れていたのか」

「…………」

「そなたも、来春になれば、そうするのか」

「はい」

答えるまで一拍の間があった。

「やはり、二十両か」

「はい。そういう慣習になっていますので」

「不思議には思わぬのか」

「はい。受けた恩義を忘れるなという戒《いまし》めとして続けているのですから」

「今も何か恩恵を受けているのか」

「いえ、特には」

「妹尾別当がここにくることは？」

「ありません。新年の挨拶のときだけです」

「まるで、金を受け取るためだけに来るようではないか」

「…………」

「この二十年間、妹尾別当は少なくとも毎年二十両を受け取っていたのだな」

「いえ、先々代が妹尾別当に援助をしだしたのは十年ほど前だと聞いています」

「十年ほど前？　十年近くは間があるということか」

「なんでも、妹尾別当は先々代の治療を終えたあと、伊勢のほうに数年間行っていたそうです。援助をはじめたのは、江戸に帰って来てからです」

「そうか。妹尾別当は伊勢の出であったな」

「はい」

「しかし、こういう慣習をやめたいと思ったことはないのか」

「いえ、家訓にも謳《うた》われています。家訓を守ることが『甲州屋』を守ることだと言われて育ってきましたので」

周右衛門は少し困惑ぎみに言う。

「その家訓に疑いをはさむことはないというのか」

「はい」

「しかし、先々代が病気を治してもらったとしても、そなたには関わりないではないか。今後も毎年二十両を払うことに、何の不審も感じないのか」

「まず、店を守ることが第一ですので」

「そうか」

剣一郎はこれ以上きいても意味がないと思った。

だが、引き上げようと思ったとき、ふいに思いだしたことがあった。

「確か、先々代は甲府の出であったな」

「はい。甲府城下の両替商『万石屋』で番頭をしていました。暖簾分けではありませんが、独り立ちを許され、江戸に質屋を出すようになったのです」

「『万石屋』とは今もつきあいがあるのか」

「はい、ございます。うちの奉公人の中には『万石屋』で働いていた者もいます。そういう意味でいえば、親戚付き合いとでも申しましょうか」

「そうか。長々と失礼した」

「あの、青柳さま」

周右衛門がきいた。

「妹尾別当に何か」

「強引な借金の取り立てで、泣いている人間がいる。妹尾別当のやり方に問題はなかったかを調べている」

「そうでございますか」

「そのような噂は耳に入らぬか」

「いえ」

「そうか。では、妹尾別当の師は誰か知っているか」

「いえ、そこまでは」

「わかった。邪魔をした」

剣一郎は『甲州屋』をあとにした。


昼過ぎに奉行所に行き、年番与力部屋にいる宇野清左衛門に会いに行った。

「青柳どの。ちょうど、よいところに」

文机に向かっていた清左衛門は、振り返って言った。

「何かございましたか」

「いや、まず、青柳どのの話から聞こう」

「はっ」

剣一郎は応じ、

「妹尾別当のことです」

「うむ」

「ここまで妹尾別当を調べてきましたが、付け入る隙を与えません。かなり、したたかな人物でございます。まだ、二例に立ち会っただけですが、行き過ぎた取り立てに見えて、ちゃんと逃げ道を作ってありました。借り手のほうにも問題があります。かなり計算しています。そうせざるを得ないような状況を作り上げているのです」

「そうか」

「奉行所の記録を調べましたところ、これまでに検校を処罰した例はいくつかありますが、高利で貸し、期限に返せないときは新しい貸し付けとして証文を書き換え、その際にも礼金と称して別途金をとったりしていますが、すべて天引きして貸し付けています。ですが、妹尾別当は天引きせず、そのままの額を貸しあたえています。ただ、返せないときの新たな証文では利息が高くなっていますが、礼金はとっていません」

「…………」

「おそらく、先の検校が処罰された罪状を細かく調べ上げ、それに触れないようなぎりぎりの線で貸しているのです。妾を囲っており、吉原にも行くようですが、豪遊はしていません。そこでも、ほどほどを弁《わきま》えているのです」

「つまり、奉行所は手が出せないというわけか」

「残念ながら、今のところは……。仮に、捕縛したら、弱者をいじめると言って、当道たちが奉行所にも押しかけかねません」

「なに、そこまでするか」

清左衛門は苦い顔をした。

「そこまで考えていましょう」

「では、ただ手をこまねいているしかないのか」

清左衛門はふと思いだして、

「例の御徒衆の早川一馬の件はどうだ？」

「じつは、一馬の妻女の実家に行ってきました。妻女の父親の文左衛門どのから話を聞きましたが、一馬が自刃したもうひとつの大きな理由は組頭どのにあったそうにございます」

剣一郎は文左衛門から聞いた話をした。

「まさか。組頭がそんな無体を……」

「おそらく、組頭どのは本気ではなかったと言い訳をするでしょうが、少なくとも一馬がその言葉で打ちのめされたのは間違いないと思います」

「では、この件でも追及は無理か」

「はい。こちらが強引に出れば、組頭どのの所業も表沙汰になってしまうでしょう。いや、むしろ妹尾別当はそのことで威しをかけるはずです」

「…………」

　清左衛門は言葉を失っている。

「いつか必ず綻《ほころ》びが出ます。それを待つしかありません」

「そうか」

「あのような男が検校になり、なにかと当道に入れ知恵をしたら、さらに手がつけられなくなります。必ず、妹尾別当を懲《こ》らしめてみせます」

　珍しく、剣一郎は闘志を剝き出しにした。

「あの男は惣録になりたいのか」

「はい。ただ、そのことだけが狙いではありますまい」

「と、言うと？」

「おそらく検校たちに旗本株や御家人株を買わせ、伜たちを武士にさせようとするはずです」

「なんと」

　清左衛門は目を剝いた。

「青柳どの。そんな野望は潰さねばならぬ。頼んだぞ」

「身命を賭しても」

剣一郎の言葉は決して大仰ではなかった。妹尾別当はそれだけの激しい狂気を秘めていた。

「宇野さまのお話とは？」

剣一郎は声をかける。

「不忍池の辺《ほとり》で見つかった遊び人の陽吉と、深川の油堀川にかかる千鳥橋で殺された竹蔵のことだ。堀井伊之助の調べによると、ふたりは何者かを強請《ゆす》っていた疑いがある」

「強請りですか」

「賭場での知り合いに、ふたりは近々大金が手に入ると言っていたそうだ。詳しくは語らなかったが、強請りの相手は直参らしい」

「直参？」

「勘定奉行勝手方の浜本滝之助《はまもとたきのすけ》の屋敷の前を、ふたりがうろついていたのを見た人間がいる。浜本滝之助は最近、支配勘定から勘定に昇格している。どうも狙いは浜本滝之助ではないかと思われるが、証はない」

幕府の財政を扱う勘定奉行勝手方には、勘定奉行の下に勘定組頭、勘定、支配勘定とある。

「その昇進の過程で、何かあったということでしょうか」

「わからぬ。ただ、殺されたふたりが浜本滝之助の秘密を摑んだとは考えられない。黒幕がいて、ふたりは命令通りに動いていただけかもしれぬ」

「陽吉と竹蔵は単なる駒に過ぎなかったとなると、黒幕がまた新たな駒を使って動きだすことも十分に考えられますね」

「そうなのだ。直参の浜本滝之助が絡んでいるかもしれぬとなると、ここは慎重に動かねばならぬ。伊之助たちだけでは荷が勝ち過ぎる。青柳どの。妹尾別当の件もあるが、この件も調べてはくれぬか」

「わかりました。やってみます」

「うむ、頼んだ」

清左衛門は言ってから、

「るいどのはどうしておる？　弥之助どのが甲府に出立して寂しがっていような」

「はい。なれど、いつかまた会える。そう固く信じているようですので、思ったよりは気落ちしていません」

「そうか。それならよかった」

清左衛門は我がことのようにほっとした顔をした。

夕方になって、剣一郎は奉行所に戻ってきた堀井伊之助を与力部屋に呼んだ。

「宇野さまから聞いたが、陽吉と竹蔵殺しに、勘定奉行勝手方の浜本滝之助どのが絡んでいるかもしれないということだったが？」

「竹蔵が住む長屋の住人が小間物の行商で、本郷の屋敷町を歩いているとき、偶然にも浜本滝之助どのの屋敷の前をうろついているふたりを見ていたそうです。屋敷の様子を窺っているようだったということでした」

「浜本どのの屋敷は本郷にあるのか」

「はい。本郷から湯島の切り通しを経て陽吉が殺された不忍池までそれほどの距離ではありません」

「本所にいるふたりが本郷まで足を延ばすからには、やはり誰かの入れ知恵があったと考えるべきだろう」

剣一郎も黒幕の存在は否定出来ないと思った。

「陽吉が殺されたあと、数日経って竹蔵が殺された。その間、竹蔵は何をしていたのか」

「長屋の住人の話では、竹蔵は何かに怯えていたようだったそうです」

「強請りの相手に反対に威されたのか」

「そうかもしれません」

「竹蔵は、強請りの相手のことを誰にも話してはいないんだな」

「そのようです。一度、浜本滝之助どのの屋敷にお話をお伺いしたいと申入れしたのですが、きっぱりと断られました。こうなっては、青柳さまのお力をお借りするしかありません」

「わかった。わしが浜本滝之助どのに会ってみよう」

「はっ。ありがとうございます」

「その前に、陽吉と竹蔵の周辺のことを、この目で確かめたい」

「はっ」

　浜本滝之助に会うまでに、その辺りのことを調べておかなければならない。もし、勘定奉行勝手方の滝之助に強請られるような弱みがあるとしたら、ひょっとして勘定組頭の問題にまで発展する事態にもなりかねないと、剣一郎は胸をざわつかせた。

二

その日の昼過ぎ、弥之助たちは甲府城下に入る前に甲斐善光寺《ぜんこうじ》に寄った。

甲州街道から分岐した大門《おおもん》通《どおり》と呼ばれる参道に沿って、甲斐善光寺町の町並みが続いている。

甲斐善光寺は武田信玄によって創建され、信濃《しなの》善光寺の阿弥陀如来《あみだにょらい》を移している。

弥之助はるいと暮らせる日がくることを願い、周次郎はおきみと会えることを願った。文七も一心に願っていたが、何を願ったのかはわからない。

お参りをすませて、いよいよ甲府城下に入った。

「あれが甲府城か」

江戸城の西の固めの重要な城である甲府城が右手前方に見えてきた。

武田氏の本拠である甲府は、天正《てんしょう》十年（一五八二）に武田勝頼《かつより》が天目山《てんもくざん》で自刃したあと、織田《おだ》・徳川《とくがわ》の領地となるなどの変遷の末、慶長《けいちょう》五年（一六〇〇）から徳川氏の所領となり、宝永《ほうえい》元年（一七〇四）には柳沢吉保《よしやす》が甲府二十二万七千六百石の領主となった。だが、その子の吉里の代になって大和国郡山に移され、その後甲府城は幕府の直轄になり、甲府勤番支配を置いて勤番衆を使い城を守っている。

甲州街道の宿場は城の南東にある柳町《やなぎちょう》である。弥之助たちは街道を離れ、城下のほうに足を向けた。

甲府勤番支配の役所は郭内《くるわない》の山手《やまて》と追手《おうて》にある。本丸の北側に位置する山手役所には甲府山手勤番支配が、南側の追手役所には甲府追手勤番支配がおり、その下に、それぞれふたりずつ、四人の組頭がいる。

弥之助は堀沿いを北に向かい、山手門を目指した。

やがて、大きな櫓《やぐら》のある門が見えてきた。門番の武士は厳めしいが、目に光がない。鋭さがないように感じられた。

「組頭の藤木嘉平《ふじきかへい》さまをお訪ねしたいのですが」

「藤木さまは役所を下がられた。役宅に行ったほうがいい」

「役宅はどちらでしょうか」

「二の堀のほうだ。ここを西に行くと南北に走る御先手小路《おさきてこうじ》に出る。そこを北に行け」

仕方なさそうに言う。不親切なのは、意地悪をしようというわけではないようだ。

「赴任してきたのか」

相手がきいた。

「はい。高岡弥之助と申します」

「まだ若いのに。幾つだ?」

同情するように言う。

「二十二歳です」

「二十二か。この先、死ぬまでここで暮らすのだ。長いな」

虚ろな目で言う。

「失礼します」

教えられた通りに西に向かい、御先手小路に出てから北へと向かった。やがて、武家地になる。

山手役所所属の藤木嘉平という組頭の役宅を、やっとの思いで見つけだした。

広い敷地に建つ、古ぼけた屋敷だった。

訪問の意を告げると、玄関に出てきた三十ぐらいの侍が、上がるように言う。

「失礼します」

文七と周次郎を残し、弥之助だけが上がった。

古ぼけているのは表側だけで奥は真新しい。調度品も高価なものが多いようだ。なにしろ組頭は三百乃至《ないし》五百石の旗本である。

案内された部屋に四十過ぎの小肥りの武士がいた。藤木嘉平だろう。

「このたび、当地に赴任しました高岡弥之助にございます」

弥之助は挨拶をする。

「うむ。聞いておる。わしが藤木嘉平だ」

「はっ。よろしくお願いいたします」

「御支配の大塚《おおつか》さまにはいずれ折りを見て引き合わせよう」

「はい」

「何をやらかした」

いきなり、藤木嘉平がきいた。眠そうな目をした男だ。

「私は……」

返答に窮した。

「及川さまの逆鱗《げきりん》に触れたそうだの」

「えっ？」

「隠さずともよい。及川さまの伜どのの想いびとを横取りしたというのはほんとうか」

「横取りをしたわけではありません」

戸惑いながら、弥之助は答える。

「しかし、そういうことなのであろう」

嘉平は面白そうに言う。

「いえ、決して」

弥之助ははっきり否定する。

「気取らずともよい。ここに送りこまれてくるのは、いずれも何かやらかしたものばかり。みな、同じような連中が集まっている」

「お言葉でございますが、私は……」

弥之助は反発した。

「まあ、よい」

嘉平はわずらわしそうに手を上げて制し、

「ここでは江戸で何をやらかしてきたかは関係ない。ここに送りこまれたが最後、どうせ二度と江戸には戻れぬ」

「……………」

「承知していようが、甲府勤番の任務は甲府城の守衛と城米の管理や弓・鉄砲などの武具の整備、城下の町方支配などだ」

「はい」

「だが、それらはお役に就いている勤番士の役目。そなたたちは無役の甲府勝手小普請だ。特に仕事があるわけではない。ただ、真面目に過ごしていけば、勝手小普請から勤番士に転出する道も開けてくる。しっかりやるように」

「はい」

甲府勤番士は江戸において役付きだった者が就任する。小普請組の者は、甲府でも甲府勝手小普請となり、江戸同様に無役なのである。

嘉平は手を叩いて、さっきの侍を呼んだ。

「高岡弥之助を屋敷に案内してやるように」

「組頭さま。じつは江戸からついてきた奉公人がおります。どうか、屋敷にいっしょに住まわすことをお許しください」

「己の裁量でやることだ。好きにせい」

「ありがとうございます」

「では、行きましょうか」

侍が急かした。

「お願いいたします」

弥之助は立ち上がった。

「俺は小松恭太郎《こまつきようたろう》だ」

組頭の役宅を出てから、案内の侍が言う。二十七、八歳の顔の長い男だ。

「よろしくお願いいたします」

文七と周次郎が近寄ってきた。

「我が奉公人の文七と周次郎です」

ふたりを引き合わせる。

「うむ。小松恭太郎だ。末永い付き合いになろう」

仲間意識で言っているのだろう。恭太郎は不行跡《ふぎようせき》を働いたひとりであること
に間違いない。やはり、恭太郎も死んだような目をしていた。

「よし、行こう」

さらに御先手小路を北に向かうとこぢんまりした屋敷が並んでいる一帯に出

た。

途中、勤番士に何人か会ったが、みな同じような目をしていた。行く末に希望の持てない諦めの目だ。その目を見るたび、弥之助は背筋が寒くなった。いずれ自分もあのような目をする人間になるのかもしれない。勤番士には絶望しかないのか。

外は暗くなっていた。江戸に比べ、周囲に灯は少ない。右手の先に山が見えた。

弥之助の視線に気づいたのか、

「あの山は愛宕山《あたごやま》だ。麓《ふもと》に甲府五山第一位の長禅寺《ちょうぜんじ》がある。武田信玄母子、縁《ゆかり》の名刹《めいさつ》だ」

と、恭太郎は教えた。

粗末な門構えの屋敷に着いた。同じような屋敷が並んでいる。

「ここだ。荷物は着いておる」

文七と周次郎が先に玄関から部屋に上がった。

雨戸を開ける。暗い部屋に明かりが射した。部屋は三間、それに台所があった。

恭太郎は部屋を見回し、

「掃除はさせておいた。それから、米櫃《こめびつ》にも米を入れておいた。野菜も少しだが置いてある。酒も買ってある」

と、恩着せがましく言う。

「ありがとうございます」

「礼などいい。あとで金はもらう」

「今でも」

「いや。あとでいい。何か不自由なことがあったら、なんでも言ってくれ。俺の住まいは隣だ」

「隣ですか」

「ここは江戸からやってきた人間が多いから、わりと江戸の文化が広まっている。当面の無聊《ぶりょう》のなぐさめにはなるだろう」

「当面？」

「ああ、当面だ。俺も江戸で好き勝手なことをしてきた。江戸の面白さが骨の髄まで染みついている俺でも、当面はなんとか過ごせる。だが、それを過ぎたら、江戸が恋しくなる。そうなったら辛いな」

「ここに来るまでにお会いした方々は皆暗い印象でした。目に生気が感じられませんでした」

「それはそうだ。二度と江戸に帰れないとなると、皆あんな表情になる。そなたも、同じようになる」

「…………」

「小松さま」

周次郎は声をかけた。

「なんだな？」

「甲府に面白い場所はありましょうか」

「面白い場所とな。女のことか」

「はい」

「ある。こっちの女のほうが江戸より情が深くて、また別の良さがある。いつでも案内しよう。なんなら、明日でもよいぞ」

恭太郎はにやついて言う。

「ぜひ」

周次郎は答えてからあわてて、

「すみません。出しゃばった真似を」

と、謝った。

おきみを捜したい一心な気持ちがよくわかるので、

「小松さま。では、明日、お願い出来ますか」

と、弥之助は頼んだ。

「わかった。明日の夕方、迎えにくる。では、俺はいったん組頭のところに戻るでな」

「ありがとうございました」

三人は、去って行く恭太郎の背中に頭を下げた。

「いよいよ甲府暮らしだ」

弥之助がつい沈んだ声になった。生気のない目をした侍たちの顔が脳裏を掠めた。ひとりで踏ん張ると誓った己の心が、日が経つに従い弱っていく。そんな恐れを抱いて、思わず声を上げそうになった。

「弥之助さま、何か」

行李の荷を整理していた文七が呼ばれたと思って振り返った。

「いや。なんでもありません」

弥之助は濡縁に出た。

かなたに山が見える。

「風が気持ちいい」

弥之助は呟く。

江戸を出立して五日だが、ひと月もるいと会っていないような気がした。無性に会いたくなった。

果たして、この屋敷に呼ぶことが出来るか。るいはここで仕合わせに暮らせるだろうか。

否、という声が心の奥から聞こえた。

翌日の夕方、恭太郎が呼びに来た。まだ明るい。弥之助はあわてて支度をする。

ゆうべは文七が夕餉の支度をしてくれ、周次郎と三人で食べた。文七はいつも目が輝いていて、周次郎はおきみを捜し出すという目的もあって闘志に満ちている。弥之助だけが何もなく、つい自分を見失いそうになった。

だが、文七の元気な表情に、複雑な気持ちになる。文七の腹の内がわからない。

「さあ、行くぞ」

恭太郎が急かした。

「お待たせしました」

弥之助は外に出た。

恭太郎について弥之助たちは屋敷をあとにした。

御先手小路から山手門のところまできて、

「山手門の脇にある櫓は渡櫓門《わたりやぐらもん》といい、武器庫だ」

と、恭太郎は説明する。

「その他、屋形曲輪《やかたくるわ》内の侍番所には弓、追手・山手、柳の各門の与力番所には槍《やり》などの武具が保管され、稲荷《いなり》曲輪の土蔵に火縄や鉄砲小道具が保管されている。追手門や大手《おおて》門は明け六つ（午前六時）に開け、暮六つ（午後六時）に閉める」

恭太郎は説明してから、

「今来たほうは武田家の躑躅《つつじ》ケ崎《さき》館時代からの古い町だ。これから向かう城の南東は下《しも》府中《ふちゅう》という新しい地域だ。町数は二十ある」

「城下の中心はどこですか」

「高札場がある八日町《ようかまち》と、甲州街道の宿場である柳町だ」

「小松さまは甲府に何年になるのですか」

「五年だ」

恭太郎の表情が翳《かげ》った。苦悩の五年間を思わせた。

賑《にぎ》やかな場所に出た。高札場があった。さらに、町に入って行くと、両側に布物問屋、紙問屋、茶問屋、薬種問屋などの大店が並んでいた。

ふと、周次郎が足を止めた。周次郎の目の先に『万石屋』の看板が出ていた。『甲州屋』の先々代、周次郎の祖父が番頭として働いていた両替商だ。

周次郎はしばらく見つめていた。大きな店かと思っていたのだが、案外と小さかった。『甲州屋』の後ろ盾にしては、予想外だった。

「周次郎さん。あとで」

文七が耳打ちするように注意をした。周次郎ははっとしたように我に返った。

「すみません」

恭太郎が不審そうな目を向けていた。

さらに、柳町の宿場にやってきた。本陣と脇本陣がひとつずつ、旅籠が二十数軒。問屋場の前に馬が繋《つな》がれている。

宿場を越してさらに南に行くと、鍛冶《かじ》職人たちが住む場所に出た。

「この先に江戸を思わすものがある」

そう言い、恭太郎が連れて行ったのは芝居小屋だった。大きな建物で、本格的だ。

「江戸からもたくさん役者がやってくる」

今は公演がなく、ひっそりとしているが、るいは喜びそうだと思った。

さらに、恭太郎は神社に連れて行った。まず、反応したのは文七だった。

「笠森《かさもり》稲荷ですって」

笠森稲荷は江戸の谷中《やなか》にある。

「江戸じゃ、笠森稲荷の水茶屋のお仙《せん》が有名です」

文七は境内《けいだい》に入って行く。瘡守《かさもり》に通じ、花柳《かりゅう》病の病気平癒に御利益がある。

「この近くに女郎屋があるんですかえ」

周次郎が眼光を光らせてきいた。

「ある。三の堀の外だ」

恭太郎はそこに案内した。

大きな料理屋の前を行き過ぎ、小さな呑み屋が固まっている場所に出た。白粉を塗りたくった女たちが客引きをしていた。

周次郎は落ち着きをなくしている。このどこかに、おきみがいるのではと思うと、いてもたってもいられなくなったのだろう。

「今宵《こよい》はここで呑もう。女中が酌をしてくれる」

そう言い、恭太郎は『越野家《こしのや》』という料理屋に入っていった。

二階の小部屋に通される。

「ここは江戸からの女もたくさんいる」

恭太郎の言葉に、周次郎はまたも落ち着きをなくした。弥之助も、周次郎のためにおきみを捜してやりたいと思った。

「これは小松さま、いらっしゃいませ」

女将らしい風格の女と女中がやってきた。

「やあ、女将。江戸から赴任してきたばかりの高岡弥之助どのと郎党だ」

「そうでございますか。今後ともご贔屓《ひいき》をお願いいたします」

女将は挨拶したあと、

「あら、こちらさん」

と、弥之助を見て目を瞠った。

「すっきりして、なんて色気のあるお侍さま」

「おいおい、くどいてもだめだ」

恭太郎が苦い顔になった。

「こちらは江戸の女子《おなご》も多いそうですね」

弥之助が周次郎に代わってきく。

「はい。何人かおります」

「最近、江戸から来たひとはいますか」

「ええ、おりますよ」

「すみません。その女のひとを呼んでいただけませぬか」

「わかりました」

女将は女中に耳打ちした。

女中は部屋を出て行った。

「なんだ、もう江戸の女が恋しくなったのか」

恭太郎が呆れたように言う。

「いえ、そういうわけでは」

「高岡さま。お珍しいですね」

女将が微笑みを浮かべてきく。

「何がでしょうか」

「いえ、ご家来さまとごいっしょだなんて」

「じつは家来というより、兄弟のようなものなんです。私の甲府行きが決まったとき、心配した親戚がふたりについていくように頼んだんです」

弥之助は小さくなって言う。

恭太郎は呆れたように、

「なんだ、情けない奴だな」

「面目ありません」

廊下に足音がした。

「失礼します」

女の声がした。

周次郎が強張った表情で居住まいを正した。

障子が開いて女が入って来た。

「この娘が十日前に江戸からやってきたおぶんです」

女将が紹介する。

「おぶんです」

おぶんは二十五、六の男好きのする顔立ちだった。周次郎の顔に落胆の色が広がったのを見て、弥之助はひと違いだとわかった。

酒宴がはじまったが、周次郎は心が弾まないようだった。

「おぶん。江戸のどこにいたんだ?」

恭太郎が猪口を手にしたままきく。

「芝です」

「芝の女がなぜここに?」

「ありふれた話です」

「男と借金か」

おぶんは答えなかった。

「最近、江戸から来た女は他にいるんですかえ」

文七がきいた。

「この辺りにも何人かいますよ」

「いるんですかえ」

周次郎が身を乗り出した。

「誰か、お捜し？」

おぶんが真顔になった。

「おい、そうなのか。おぬし、女を捜しに甲府に来たのか」

恭太郎が興味を示した。

「へえ、じつはそうなんです」

周次郎は正直に答えた。

「そうなのか」

恭太郎が弥之助に確かめる。

「そのとおりです」

「そうか。で、女の名は？」

「深川の『楓家』という店で働いていたおきみといいます。おふじと名乗っているかもしれません。二十八になります」

「あら、おまえさんより年上？」

おぶんが軽く驚いたように言う。

「へえ。それから、おきみは梅助という男にいい含められて甲府までやってきたようなんです。そうだ、梅助という男も捜し出せたら、おきみの行方《ゆくえ》がわかるはずです」

「梅助だね」

「ああ。それはそうとここには『万石屋』のひとも来ますかえ」

「『万石屋』さんね。一昨日、番頭さんがやって来たわ」

「じつは、梅助は『万石屋』と関わりがあるかもしれません。今度、『万石屋』から誰かきたら、梅助のことをきいてみてくださいませんか」

「わかったわ」

おぶんは頷く。

「おぶんさん。どうか、そのようなひとに出会ったら教えてくださいな」

文七が頭を下げる。

「だいじょうぶよ。任して」

「お願いします」

周次郎も頭を下げた。

周次郎はおきみを追って甲府までやって来た。おきみのことだけに専心出来る周次郎がうらやましかった。弥之助はいつしかるいのことを考え、胸を切なくしていた。

三

剣一郎は本郷の屋敷町にやって来た。勘定奉行勝手方の浜本滝之助の屋敷の門を入り、玄関に立った。

「お頼み申します」

剣一郎は奥に向かって声をかける。

用人らしき四十ぐらいの武士が現われた。鬢《びん》に白いものが目立つ。引き締まった顔立ちの男だ。

「南町奉行所与力の青柳剣一郎と申します」

「はっ。どうぞ」

ゆうべのうちに使いを出し、この時間の約束をとりつけていた。

「失礼いたす」

剣一郎は式台に上がり、大刀を預け、客間に通された。

待つほどのこともなく、滝之助がやって来た。三十歳と聞いていたが、老成した雰囲気があった。

「青柳剣一郎でございます。突然のお願い、申し訳ございません」

「いや。なれど、青柳どのがわざわざ話を聞きたいとは穏やかなことではありませぬ。いったい、何ごとでございましょうか」

滝之助は胸を反らしてきく。

「じつは、本所に住む陽吉と竹蔵と申すやくざ者が先日、相次いで殺されました。その前に、ふたりが浜本さまの屋敷の前でうろんな動きをしていたのを見ていた者がおります」

「うろんな動き?」

「はい。このお屋敷の様子を窺っている風だったとか」

「…………」

「まだ下手人は挙がっておりません。しかし、ふたりの動きが気になり、何か心当たりでもおありではないかと思いまして」

「さあ、そのような者には心当たりはありません」

「失礼ですが、こちらに金目のものがあるということは?」

「とんでもない。そのようなものがあるはずありません」

滝之助は憤慨したように言い、

「それとも、青柳どのは我が屋敷に何かあるとお考えか」

と、鋭い目で睨んだ。

「いや、そういうわけではありません」

「そのようなやくざ者、当屋敷とは関わりない」

「ご無礼ついでに、お屋敷の他の方々にも確かめていただけませぬか」

「無用だ」

滝之助は気色《けしき》ばんだ。だが、本気で怒っているようには思えない。

「我が屋敷にはそのような連中と付き合う者はおらぬ」

「念のために、でございます」

ふたりを見かけた小間物の行商の男は、明らかに屋敷から出てくる人間を待っているようだったと感想を述べている。

潜り戸が開くたびに、ふたりは門に目を向けていたという。明らかに誰かを待っていたのだ。

滝之助か。あるいは用人、若党、はたまた中間か。

「御用人どのから話を伺わせていただくわけにはまいりませぬか」

「用人から？　用人がそのような者を知るはずがない」

「そうだと思いますが、そのことを確かめるだけでも、我らにとって進展なのです」

「よし。そこまで仰るなら、いいだろう」

滝之助は手を叩いた。最初の印象と違い、滝之助は物分かりがいいと思った。

すぐに廊下に人影が現われ、障子の向こうで畏まった。

「左内《さない》。入れ」

「はっ」

障子が開いて、さっきの武士が入ってきた。

「木元《きもと》左内でござる。我が家に十年以上にわたり、奉公している男だ」

「左内、青柳どのがききたいことがあるそうだ」

「はっ、なんでございましょうか」

滝之助は説明し、
左内は不審そうな顔を向けた。

「本所に住む陽吉と竹蔵と申すやくざ者が先日、相次いで殺されました。陽吉と竹蔵という男を知りませんか」

「いえ、知りません」

左内は表情を変えずに言う。

「この屋敷を訪ねてきたことはないのですね」

剣一郎は確かめる。

「ありません」

強請りだとしたら、そのことを素直に喋《しゃべ》るはずがない。

「じつは、陽吉と竹蔵がこの屋敷から誰かが出て来るのを待っていたようなのです。いったい、誰を待っていたのでしょうか」

「さあ」

「青柳どのは、陽吉と竹蔵が殺された件に我らが絡んでいるとお考えか」

滝之助が口をはさむ。

「いえ。そのようなことは考えておりません。ただ、ふたりがこちらの屋敷の前で何をしていたのか気になるのでございます。本所を根城にしているふたりが、なぜわざわざ本郷まで出向いてきたのか」

「失礼ではございますが、ふたりが我が屋敷の前にいたというのは本当なのでしょうか。見たという者の勘違いとは考えられませぬか」

左内がきく。

「いえ、同じ長屋の者が見ています。見間違いとは考えられません。また、その者がわざわざ嘘をつくことも考えられませぬ」

剣一郎はきっぱりと言う。

滝之助が顎に手をやり、

「面妖《めんよう》よな」

と、首を傾げる。

「考えられることは、こちらの中間ですが」

剣一郎は自分の考えを口にした。じつは、このことのほうが十分に考えられることだと思っていた。

「なんという名前でしょうか」

「泰吉《やすきち》です」

左内が答える。

「いつからこちらに?」

「三年前です。まさか、泰吉が殺されたふたりと?」

「十分に考えられます。じつは、私は最初からそのことを疑っていました」

「左内」

滝之助が呼びかける。

「青柳どのに泰吉を引き合わせよ。確か、あの者は以前は本所の屋敷に奉公していたという話であったな」

「はい。本郷三丁目の口入れ屋の世話で雇いました。青柳さま。では、御足労願いましょうか」

「では、失礼いたします」

滝之助に挨拶をして、剣一郎は部屋を出た。

「失礼だが、浜本どのは無理して偉ぶっているように思えるが」

「愚直で世間知らずのところがありまして……」

左内は苦笑した。

左内の案内で玄関を出て、門の横にある小屋に行く。

「少々、お待ちください」

左内は剣一郎を待たせ、中間部屋に入って行った。

すぐ、左内が出てきた。

「どうぞ」

剣一郎が中間部屋に行くと、三十ぐらいの男が畏まっていた。太くて短い眉毛に特徴がある。やや鼻の穴が上向きだ。

「泰吉か」

剣一郎は声をかける。

「へえ」

「少し、訊ねたいことがある。ここには三年前から奉公しているとのことだが、それまではどこにいた？」

剣一郎は土間に立ったまま切り出した。

「へえ。本所です」

「本所で奉公していたのか」

「へい」

「なぜ、そこを辞めて、こっちに移ったのだ？」

「主人がふしだらなんで嫌気が差しました」

「陽吉と竹蔵という男たちを知っているか」

「知りません」

「返答までやけに早いな」

「いえ、それは……」

「まあ、いい。知らないか」

「ええ、知りません」

「そのふたりは、この屋敷の前で誰かを待っていたようなのだが、そなたではないのか」

「とんでもない。違います」

微かに目が泳いでいるのを、剣一郎は見逃さなかった。

「よいか。あとで、じつは知っていましたとなると、まずいことになる。わかっているな」

「へえ」

「陽吉と竹蔵は近々金が入ると豪語していたそうだ。おそらく、誰かを強請ろうとしていたものと思える。だが、ふたりは殺された」

「………」

「もし、そなたがふたりとつるんでいるとしたら、次に狙われるのはそなたということになる」

剣一郎はぐっと睨みつけ、

「もう一度きく。陽吉と竹蔵をほんとうに知らないのだな」

「知りません」

泰吉の表情は強張っている。

「そなたは手慰みをするか」

剣一郎は問いかけの内容を変えた。

「……………」

「どうなのだ？」

「少しだけ」

「本所にいたときもしたな」

「へえ」

「どこの賭場に顔を出していた？」

「あるお屋敷の中間部屋です。屋敷の名は勘弁してください。迷惑がかかるんで」

「そこで、陽吉と竹蔵に会ったのではないか」

「いえ。会っていません」

「そうか。陽吉と竹蔵が通っていた賭場できけば、そなたが来ていたかどうかはわかる。邪魔をした」

剣一郎は問いかけを切り上げた。

戸口で振り返ると、泰吉は膝に置いた握り拳《こぶし》を微かに震わせていた。

知っている。剣一郎は、三人は仲間だと確信した。

外に出ると、

「いかがでしたか」

と、待っていた左内がきいた。

「なんともいえません。でも、仲間だという公算は強いと思われます」

「そうですか。我が屋敷でふたりとつながっている者がいるとしたら、泰吉しか考えられません。私から問い詰めてみます」

「左内どの」

剣一郎は手の内を晒《さら》すように、

「陽吉と竹蔵は近々大儲けが出来ると周囲に話していました。強請りではないかと考えています」

と、打ち明けた。

「うちの旦那さまが威されているとお考えでしたら、大きな間違いです。旦那さまは謹厳実直なお方。ひとさまにつけ込まれるような真似はしていません」

左内はいくぶん胸を張って言う。

「私は十年以上、御奉公させていただいて、旦那さまをずっと見てまいりました。勉強家であり、正直であり、純真なお方です。だからこそ、猛勉強の末に試験に通り、支配勘定、勘定と出世されたのです。そんなお方が強請られるようなことはするはずないと、私は自信を持って言い切ります」

左内はむきになって訴えた。その言葉に偽りはないと、剣一郎は確信出来た。下級武士が努力でのし上がっていく姿に心打たれているのだろう。

だが、なぜ、左内はこうまで滝之助を引き立てようとするのか。主従というより、兄が弟を見守っているようにも思える。

泰吉のために、主人が白い目で見られることが耐えられなかったのか。左内も泰吉を疑っているようだ。

「わかりました。考えられることとして、泰吉は陽吉と竹蔵と語らい、何者かを強請っているのかもしれません。数日後にまた参ります。それまでに、泰吉を問い詰めてみてください。お願いいたします」

剣一郎は浜本滝之助の屋敷を出た。

ふと来た道を戻りながら、この近くに妹尾別当に苦しめられた坪井平太郎の屋敷があることを思いだした。

だが、妹尾別当は巧妙に催促をしているはずだ。妹尾別当を追い詰めるような話は聞けまいと諦めた。


本郷から、剣一郎は神田佐久間町の自身番に向かった。堀井伊之助と会うことになっていた。

剣一郎が自身番に近づいたとき、ちょうど伊之助と岡っ引きの忠治がいっしょにやってきた。

「青柳さま」

伊之助が足早になった。

「浜本滝之助どのに会って来た」

その様子を語って聞かせ、

「用人の木元左内どのの話からでも、浜本どのに強請られる弱みはないとみていい。そうなると、中間の泰吉だ」

剣一郎は泰吉が三年前まで本所の屋敷に奉公をしていたことを話し、

「泰吉、陽吉、竹蔵の三人は顔見知りの公算が大きい。陽吉と竹蔵は浜本滝之助の屋敷の前で、泰吉が出てくるのを待っていたものと考えられる」

「泰吉ですか」

伊之助は頷き、

「さっそく、三人の関係を調べてみます。おそらく、三人とも同じ賭場に出入りをしていたに違いありません」

「ふたりとのつながりを突き付ければ、泰吉も観念するに違いない」

「では、さっそく」

伊之助と忠治は本所に向かった。

剣一郎はふたりと別れ、上野元黒門町の妹尾別当の屋敷に行った。

留守ならそれでいいと思いながら、格子戸を開けて訪問を告げると、前回とは違う女子が出て来た。美形だが、目尻に皺があり、三十近いようだ。

「青柳剣一郎と申す。妹尾別当はおられますかな」

「外出しております」

「いつごろ、お戻りかな」

「きょうは舟遊びですから、帰りは遅いと思います」

「舟遊び？」

「大川《おおかわ》ですよ。皆を引き連れて」

「そなたは留守番か」

「はい」

「失礼だが、そなたは？」

「妹尾別当の世話を受けております」

「世話？　確か、もうひとり、いたと思うが」

妾ということだろう。

「世話を受けている者は三人おります。ここで、三人とも暮らしています」

少し、暗い顔で言う。

「三人で？」

「はい。部屋はたくさんありますから」

「妹尾別当に妻女は？」

「いらっしゃいます」

「では、ここに四人？」

「はい」

たいした艶福家《えんぷくか》だと感心しながら、

「子は？」

と、きく。

「全部で五人」

「で、一番上は？」

「本妻の子が十歳になります。その下が八歳。いずれも男の子です。あとは妾の子……」

ふと、自嘲ぎみになって、

「私にはおりません」

と、寂しそうに言う。

「失礼した」

剣一郎は声を落とし、

「よく話してくれたが、あとで別当から叱られないか」

と、心配した。

「だいじょうぶです。私はじきにここを出て行く身ですので」

「出て行く？」

「別当はやはり若い女のほうがいいようですから」

「ここを出てどこに行くのだ？」

「別当が私にお店を任せてくれることになっています」

「お店？」

「はい。湯島天神下にある小さな料理屋です」

この女はここを追い出されることに不満なのかもしれない。

「いつからだ？」

「近々です」

「湯島天神下だな」

「はい」

「また、話を聞かせてもらうかもしれない。邪魔した」

剣一郎は妹尾別当の屋敷を出た。

下谷広小路を経て、筋違橋を渡り、柳原通りを両国橋に向かう。

妹尾別当にも伜がいる。旗本株を手に入れ、伜を旗本にするつもりであろう。

いずれ、座頭の血筋の者が幕閣を席巻《せっけん》するようになる。そんな危惧を抱きなが
ら、剣一郎は伊之助や忠治と会うために本所に向かった。

両国橋を渡っていると足元から三味と太鼓の音が聞こえてきた。剣一郎は欄干《らんかん》

に寄って川を覗いた。

やがて、屋根船が橋の下を潜って現われた。船は向島《むこうじま》のほうに向かって進む。乗っている人間が見えてきた。

芸者や若い女に混じって、妹尾別当の背中が見えた。

剣一郎はじっと上って行く船を見送っていた。

四

夕暮れて、周次郎はひとりで『越野家』に上がった。

おぶんを呼んだが、おぶんは男好きのする顔立ちと江戸育ちの垢《あか》抜けた姿でかなり人気があり、周次郎のところになかなかやって来なかった。

田舎臭い顔立ちのおむらという女が酌をしながら、

「そんなにおぶんさんがいいの」

と、拗《す》ねたようにきく。

「そうじゃねえ。おぶんさんに頼みごとをしているんだ」

「頼みごと？　なにさ？」

色の浅黒い顔を向けて、おむらがきいてきた。

「おきみって女を捜している」

「おきみさん？」

「二十八歳だ。細身の富士額だ」

「おまえさんの何？」

「女房だ」

周次郎はやりきれないように言う。

「そう、いろんな事情があるのね」

おむらは痛ましげに呟いてから、

「でも、おかみさんはどうして甲府に来たのさ。甲府の出なのかえ」

「いや、違う」

「じゃあ、どうして？」

「男だ。梅助という男が甲府に関係しているんだ」

「そう、梅助って名は聞いたことないわ」

「もし、耳にしたら教えてくれないか」

「わかったわ」

そのとき、障子が開いて、おぶんがやって来た。

「ごめんなさい」

裾《すそ》を乱しているのは、少し酔っているからのようだ。

「ごめんなさいね。向こうで呑まされてしまって」

「おぶんさん。なんかわかりましたかえ」

「ちょっと呑ませて」

おぶんは銚子を摑んで、そのまま口に持って行く。

「おぶんさん。はしたない」

おむらがたしなめる。

「あら、姐《ねえ》さん。江戸じゃ、何も言われなかったわよ」

おぶんは平然としている。

「おぶんさん。おきみのことです」

「おきみなんていないわよ。そんな女、早く忘れちまいなさい」

「おぶんさん」

「なにさ」

おぶんは周次郎を睨みつける。

「おぶんさん。呑みすぎだ」

「あたしは酔ってなんかいないわ」

体がよろける。

「おぶんさん。しっかりして」

「しっかりしててよ」

いきなり障子が開いた。顔を赤くした男が廊下に立って、

「おぶん。早く来ないか」

と、呼びに来た。

「今、行きますよ」

おぶんは立ち上がってから、

「また、来てちょうだい」

よろけながら部屋を出て行った。

「困ったひと」

おむらが眉根を寄せて言う。

「おぶんさんは酒乱の気《け》があるのよ。このあと、何かしでかさないか心配だわ」

「おぶんさんを頼りにしていたが、だめなようだな」

周次郎は苦い顔をしてから、おむらにも頼んでおこうと思った。

「ここには『万石屋』のひとも来るそうだな」

「ええ、そうね」

「じつは、さっき言った梅助って男は『万石屋』に関わりある人間かもしれないんだ。おぶんさんにも頼んだんだけど、『万石屋』から誰かきたら、梅助のことをきいてみてくれないか」

「わかったわ。あら、もう帰っちゃうの？」

「また、来る」

周次郎はおむらに見送られて『越野家』を出た。

風がなく、むしむしする夜だった。通りには酔客が多い。やはり、おきみは女郎屋に勤めているのだろうか。

そんなはずはないと、周次郎は首を横に振る。

『楓家』で働くようになったのは周次郎に店を持たせるために金を稼ごうとしたからだ。今は、そこまでする必要はない。

周次郎とおきみを別れさせようとして、父が梅助を使ったのならば、梅助の妾になっていることも考えられない。

おきみは梅助の世話で甲府の料理屋に勤めだした。周次郎はそう考えている。堀の向こうにいかがわしい場所がある。女郎屋が並んでいる一帯だ。周次郎がそこに足を向けなかったのは、おきみがいるはずないと信じているからだ。

盛り場の外れにやってきた。暗がりに笠森稲荷が見えてきた。

周次郎は稲荷に入り、社殿の前に行き、手を合わせた。

「おきみに会えますように」

熱心に願い、社殿から離れる。

鳥居に向かいかけたとき、ふと境内の暗がりから人影が現われた。ふたりだ。

周次郎は無視して鳥居を出る。

出たところで、行く手を遮《さえぎ》るように男が現われた。

「なんですね。私に何か」

周次郎は呼びかける。

「ちょっと顔を貸してもらおうか」

頬骨の突き出た剣呑な感じの男が言う。背後にさっきのふたりが近づいてきた。

「おまえさんは誰なんですね」

「来ればわかる」

男は歩きだす。周次郎は危険が迫っていることを察した。だが、背後にふたりの男がぴたっとくっついている。

三の堀沿いの寂しい場所に出た。かなたに灯が見えるが、月のない夜だ。

男が立ち止まった。

「誰なんだ？」

周次郎は問いかける。

「俺のことを知ってのことか」

「頼まれたんだ。悪く思わねえでくれ」

男は懐《ふところ》の匕首《あいくち》を抜いた。

「梅助か」

周次郎は身構えてきく。

「堀の水に浮かんでもらうぜ」

背後のふたりも匕首を構えた。

横っ飛びに逃げようとしたが、読んでいたように背後の男が立ちふさがった。

敏捷《びんしょう》な動きだ。

周次郎は足がすくんだ。笹子峠で襲われたときも観念したが、今はそれ以上の危機感を持った。三人に囲まれ、逃れられないと悟った。

「教えてくれ。おきみはどうしているんだ？」

必死だった。そのことだけでも知りたかった。

「教えてくれ」

「俺たちは何も知らねえ。ただ、おめえを堀の水に浮かべればいいんだ。悪く、思うな」

頬骨の突き出た男が無気味に笑って匕首を構えた。

周次郎は堀際に追い詰められた。

「言い残すことがあったら聞いてやろう」

男には余裕があった。

「おきみに……」

周次郎が口走ろうとしたとき、くらがりを走ってくる黒い影を見た。

頬骨の突き出た男の動きが止まった。

「そこまでだ」

「弥之助さん」

周次郎が叫んだ。

「なんだ、おめえは？」

男が身構えて言う。あとのふたりも匕首を構えて弥之助に向かった。

「おまえたちこそ、何者だ。誰に頼まれた？」

「邪魔立てすると、お侍さんとて容赦しませんぜ」

男は不敵に笑い、弥之助に匕首の刃先を向けた。仲間のふたりも弥之助を囲むように迫る。

「ならば、相手をしよう」

弥之助が刀の柄に手をかけようとしたとき、いきなり男が弥之助目掛けて突進した。その素早い動きに、弥之助は刀を抜く間もなく、横っ飛びに逃れた。すかさず、仲間が弥之助に襲いかかる。

匕首を避け、弥之助は相手の手首を摑むや腰を沈めてひねりながら投げを打った。大きな体が一回転して背中から地べたに落ちた。

「この野郎」

頬骨の突き出た男が目を剝いて匕首を振り回しながら弥之助に向かっていく。

「野郎」

吠えるような声を上げ、残ったもう一人の男も弥之助に襲いかかった。

弥之助はその場に立ったまま男が迫るのを待ち構えた。周次郎があっと思った瞬間、弥之助の剣が一閃した。

匕首が宙に飛び、やがて水音がした。

弥之助は剣を相手の眼前に突き付ける。男は恐怖におののいたように後退る。

「まだ、やるか。今度は手加減せぬ」

「逃げろ」

いきなり、頬骨の突き出た男は叫び、仲間ふたりと逃げ出した。

弥之助は刀を鞘に納め、

「周次郎さん。ひとりで出かけるなんて無茶だ。笹子峠のことがあるじゃありませんか」

「すみません。どうしても、おきみの手掛かりが欲しくて」

「気持ちはわかりますが、用心してください」

「へい。でも、どうしてここに？」

「周次郎さんがいないので、ひょっとしたら『越野家』ではないかと思い、駆けつけたら、今帰ったと。それで、捜し回ったら、ひとの争う姿を見つけたってわけです」

「そうでしたか。申し訳ありません。ご心配をおかけして」

「さあ、帰りましょう」

文七がいないので、弥之助ひとりでやって来たようだ。

闇に沈んだお城をまわり、御先手小路にある屋敷に帰ってきた。部屋は真っ暗だった。文七はいなかった。

「文七さんは？」

「じき帰って来ます」

それから一刻（二時間）後に、文七が帰ってきた。

「ご苦労さまです。わかりましたか」

弥之助がきいている。

「ええ。八日町の仕事師の家に入って行きました」

「仕事師？」

「近所できいたところ、高札場の矢来《やらい》の修復や祭礼の際の桟敷《さじき》を設置したりする人足《にんそく》を抱えており、三人ともそこの人足のようです」

周次郎は聞きとがめて、

「もしや、その三人って言うのは？」

と、ふたりの顔を交互に見た。

「ええ、周次郎さんを襲った連中です」

文七が答える。

「じゃあ、あのとき、文七さんもいらっしゃったんですか」

「ええ。弥之助さんとふたりで周次郎さんを追いかけたんです。それで、周次郎さんが襲われているところに出くわしましたが、連中の正体を探るために弥之助さんだけが飛び出して行ったというわけです」

「そうだったんですか」

「人足の中には凶暴な者もいます。中でも、あの三人はもてあまし者のようです。ことに兄貴分の頬骨の突き出た男は鎌吉《かまきち》といって評判の悪《わる》だそうです」

「そんな人間を人足として雇っているのはなぜなんでしょう」

弥之助が疑問を口にした。

「鎌吉は火消し人足として役に立つ男だそうです。もともと命知らずですから、火事の現場でも一番活躍するということです。それと、人足たちは助郷《すけごう》で柳町宿場に駆り出されますが、そのときも目立った働きをするというので、ある程度のことは大目に見られているようです」

「しかし、ひと殺しなどとんでもないことです」

弥之助は憤慨した。

「明日から、私は鎌吉を見張り、周次郎さんを襲うように命じた人間を捜し出してみます」

「すみません。私のために」

「いえ、どうせ、私は暇《ひま》ですから」

無役とはいえ、何かあったときにはただちに駆けつけられる態勢でいなければならないと、小松恭太郎が言っていた。もっとも、そういうことはまれらしい。いったい弥之助はどんなことでお咎めを受けて甲府にやってきたのだろうか。

周次郎は不思議だった。

「やはり、不可解です」

弥之助が疑問を口にする。

「おきみさんを捜しているだけなのに、なぜ、このように執拗に周次郎さんを狙うのか。周次郎さんをおきみさんに会わせたくない事情でもあるのでしょうか。周次郎さん、何か思い当たりませんか」

「いえ。ずっと私を『甲州屋』に戻したいために、父が裏で手を引いておきみと別れさせたと思っていましたが、どうもそうではないような気がします。『甲州屋』は私を必要としていないようですし」

周次郎はもはや『甲州屋』とは縁が切れたと思っている。だから、おきみと会わせたくないのはおきみのほうの事情だ。

「まさか……」

周次郎は胸を思い切り殴られたような衝撃を受けた。

「どうしたんです？　顔が真っ青ですぜ」

文七が訝《いぶか》しげにきく。

「おきみは、ほんとうに私から逃げ出したかっただけなのではないでしょうか」

周次郎は深呼吸をしてから、

「おきみは私のためを思って身を引いたと思ってました。でも、ほんとうは私と別れたがっていたんじゃ……」

「なぜ、そう思うんですね」

文七がきく。

「私を殺そうとしているのはおきみではないかと思って」

「ばかな」

「でも、そう考えるとすっきりするんです。おきみは私のことを忘れたいんです。だから、捜されるのは迷惑なんです」

「だからと言って、殺そうとはしないでしょう」

文七は否定する。

「でも、おきみは私と会いたくないんです。会えば、未練が募《つの》る。だから、いっそ、いなくなってもらったほうがと思ったのでは」

「周次郎さん」

弥之助が真顔になって、

「本気でそんなことを思っているのですか。あなたは、自分のために身を引いたと思ったからここまで追ってきたのでしょう。そう思ったのは、おきみさんの人柄を知っているからではありませんか」

「そうです」

「そのように疑うことは、自分自身を疑うことです。ほんとうは、おきみさんはあなたを求めているんです。諦めてはだめです」

「はい」

弥之助は本気で怒っていた。

「いつか会えます。それを信じて……」

弥之助は自分自身に言い聞かせているようだった。周次郎は、弥之助には江戸に残した愛しい女がいるのだと思った。

「すみません。つい、弱気になって。もう、大丈夫です」

周次郎は素直に頭を下げた。

「私は……」

と、文七が切り出した。

「おきみさんは料理屋なんかにいないと思います」

「そうですね。私もそう思います」

弥之助が応じた。

「じゃあ、梅助と？」

「いえ、やはり、梅助は命じられているのでしょう。梅助を使っている男がいるはずです」

「しかし」

周次郎は異を唱えた。

「その男はどうしておきみのことを知ったのでしょうか。おきみは私と深川の佐賀町で暮らしていました。甲府に住む人物がおきみを知る機会があったとは思えないのです」

「おきみさんは『楓家』に移る前は、『たちばな』で働いていたんでしょう。そこに、客で行って、おきみさんを見初めたのかもしれない」

文七が考えられることを言った。

そうかもしれないと思った。甲府の人間が『甲州屋』にやって来て、誰かの案内で『たちばな』に行ったことは考えられないことではない。

「そうだとすると、『万石屋』の人間でしょうか」

「決めつけることは出来ないが、十分に考えられます」

弥之助も応じた。

「思い切って、『万石屋』を訪ねてみましょうか」

周次郎は思いつきを口にした。

「いや、『万石屋』の人間だとしたら、正直に答えるはずはありますまい。かえって警戒されてしまいます。それより、まず、梅助を捜しましょう。鎌吉を問い詰めてみます」

「お願いしてよろしいのでしょうか」

「もちろんです」

弥之助は任せてくださいと言った。

「さあ、もう今夜は休みましょう。明日、弥之助さんと鎌吉に会ってきます」

文七は腰を浮かした。

「すみません。こんな私のために親身になってくださって」

周次郎は深々と頭を下げた。

その夜、周次郎は夢を見た。おきみが悲しげな顔で別れの挨拶をしにきたのだ。おきみ、行くんじゃない。そう叫んだが、声にならなかった。おきみがどんどん遠ざかって行く。懸命に叫んでいて、目が覚めた。

外はまだ真っ暗だった。


翌日、弥之助は文七とともに八日町にある仕事師の親方の家の前にやって来た。

「じゃあ、私が鎌吉を呼んできます。高札場まで連れて行きます」

「わかりました」

弥之助は高札場に向かった。

高札場の矢来の近くで待った。行き交うひとは多い。武士もいれば商人も職人も、そして僧侶や大道芸人などの姿も目に入る。

町には活気があり、るいも退屈せずに過ごせそうだ。だが、甲府勝手小普請の身分では生活は苦しい。そのことを考えると、やはり役に就けない限り、るいを呼ぶことは出来ない。こんなときでも、るいのことばかり頭に浮かぶ。

文七の姿が目に入った。横に、昨夜の男がいた。弥之助は高札場の裏に隠れた。

「おう、どこまで連れて行くんだ」

鎌吉がいらだったように言う。

「へえ、ここです」

文七は下手に出ている。

「ここだと？　どこに女がいるんだ？」

「すみません。女じゃねえんで」

「なに、俺に会いたいって女がいるって言うからついて来たんだ。てめえ、俺をおちょくる気か」

鎌吉が血相を変えた。

弥之助は表にまわった。

「会いたがったのは私だ」

「誰でえ」

鎌吉は眦《まなじり》をつり上げた。

「よく見ろ。ゆうべ会ったろう」

「なに、あっ」

鎌吉が飛び退いた。すかさず、文七が逃げないように鎌吉の背後に立った。

「逃げるな。逃げたら抜き打ちで斬る」

弥之助は刀の柄に手をかけ威した。

「…………」

「誰に頼まれたんだ？」

「なんのことでえ」

「きのうの襲撃だ」

「知らねえ」

「言わなければ斬る」

「上等だ。斬ってもらおうじゃねえか」

「いいのか」

「おう、やれるものならやってみやがれ。命知らずの鎌吉さまを甘く見るんじゃねえ」

鎌吉は諸肌《もろはだ》脱ぎになって地べたに座り込んだ。

いつの間にか野次馬が集まって来た。弥之助は当惑した。鎌吉は大勢の目があるなかで、無抵抗の者を斬ることなど出来ないと踏んでのことに違いない。

「どうしますかえ」

文七がにやつきながら言う。

「素っ首を刎《は》ねても刀が汚れるだけです」

「でも、本人が望んでいるようですから、叶えてやりましょう」

「しかし、ここで首が宙を飛んだら、通りがかりのひとも驚くでしょう。それに殺生《せっしょう》もよくありません」

「そうですね。では、利き腕を一本、いただきましょうか」

わざと鎌吉に聞かせる。

「ただ、のたうちまわるほどの痛みにたえられないのは可哀《かわい》そうですから、自害出来るように利き腕と反対の左腕を落としましょう」

弥之助は刀を抜いた。

文七は鎌吉の懐から匕首を抜き取り、鎌吉の右手に握らせた。

「もし、耐えきれない痛みだったら、喉を突いて死んだほうがましかもしれねえ。念のためだ」

鎌吉の顔が青ざめた。

「よいか。鎌吉」

弥之助は切っ先を目の前に向けた。

「動くな。動けば、頭から真っ二つになってしまう」

弥之助はそう威してから、小声で、

「誰に頼まれたか言え。そしたら、おまえの顔を立ててやる」

「名前は知らねえ。菅笠をかぶった旅装の男だ。金をもらって頼まれた。ほんとうだ」

「なんと言って頼まれたのだ？」

「周次郎という江戸から来た男を殺《や》ってくれと」

ついに吐いたが、嘘ではないようだ。

「その男は『万石屋』に関わりあるかどうかわかるか」

「いや。『万石屋』の人間じゃねえ」

「わかった」

弥之助は刀を引いて、周囲に聞こえるように叫ぶ。

「いい度胸だ。私の負けだ」

鎌吉は立ち上がると、着物を整え、辺りを睥睨《へいげい》してからおもむろに立ち去った。

「笹子峠の旅人のようですね」

「ええ。鎌吉は単に金で動いていたようです」

そう答えたとき、弥之助は野次馬の後ろからさっと離れて行った侍に気づいた。

「小松さまでは」

去って行く侍は小松恭太郎に違いなかった。

「弥之助さま。小松さまは我らを……」

文七は言いさした。

「我らをなんですか」

「いえ。行きましょう」

文七は答えようとしなかった。文七は何かを隠している。自分を見張るために剣一郎が文七を寄越したのかとも疑ったが、どうも違うようだ。

問いかけようとしたが、すでに文七は歩きだしていた。弥之助の知らないところで、何かが蠢《うごめ》いている。そんな気がしていた。


（下巻につづく）

破暁の道（上）

一〇〇字書評

切・り・取・り・線

購買動機（新聞、雑誌名を記入するか、あるいは○をつけてください）

□（　　　　　　　　　　　　　　　　）の広告を見て
□（　　　　　　　　　　　　　　　　）の書評を見て
□ 知人のすすめで　　　　　□ タイトルに惹かれて
□ カバーが良かったから　　□ 内容が面白そうだから
□ 好きな作家だから　　　　□ 好きな分野の本だから

・最近、最も感銘を受けた作品名をお書き下さい

・あなたのお好きな作家名をお書き下さい

・その他、ご要望がありましたらお書き下さい

住所	〒				
氏名		職業		年齢	
Eメール	※携帯には配信できません	新刊情報等のメール配信を 希望する・しない			

この本の感想を、編集部までお寄せいただけたらありがたく存じます。今後の企画の参考にさせていただきます。Eメールでも結構です。

いただいた「一〇〇字書評」は、新聞・雑誌等に紹介させていただくことがあります。その場合はお礼として特製図書カードを差し上げます。

前ページの原稿用紙に書評をお書きの上、切り取り、左記までお送り下さい。宛先の住所は不要です。

なお、ご記入いただいたお名前、ご住所等は、書評紹介の事前了解、謝礼のお届けのためだけに利用し、そのほかの目的のために利用することはありません。

〒一〇一－八七〇一
祥伝社文庫編集長　坂口芳和
電話　〇三（三二六五）二〇八〇

祥伝社ホームページの「ブックレビュー」からも、書き込めます。
http://www.shodensha.co.jp/bookreview/

祥伝社文庫

破暁《はぎよう》の道《みち》（上）　風烈廻《ふうれつまわ》り与力《よりき》・青柳剣一郎《あおやぎけんいちろう》

平成28年 8 月20日　初版第 1 刷発行

著　者　小杉健治《こすぎけんじ》
発行者　辻　浩明
発行所　祥伝社《しょうでんしゃ》
東京都千代田区神田神保町 3-3
〒101-8701
電話　03（3265）2081（販売部）
電話　03（3265）2080（編集部）
電話　03（3265）3622（業務部）
http://www.shodensha.co.jp/

印刷所　堀内印刷
製本所　ナショナル製本
カバーフォーマットデザイン　中原達治

Printed in Japan ©2016, Kenji Kosugi　ISBN978-4-396-34236-4 C0193

祥伝社文庫の好評既刊

小杉健治

女形《おやま》殺し

風烈廻り与力・青柳剣一郎⑦

「おとっつあんは無実なんです」父の斬首刑は執行され、さらに兄にまで濡れ衣が……真相究明に剣一郎が奔走する！

小杉健治

目付殺し

風烈廻り与力・青柳剣一郎⑧

腕のたつ目付を屠《ほふ》った凄腕の殺し屋を追う、剣一郎配下の同心とその父の執念！　情と剣とで悪を断つ！

小杉健治

闇太夫《やみだゆう》

風烈廻り与力・青柳剣一郎⑨

百年前の明暦《めいれき》大火に匹敵する災厄が起こる？　誰かが途轍《とてつ》もないことを目論んでいる……危うし、八百八町！

小杉健治

待伏せ

風烈廻り与力・青柳剣一郎⑩

剣一郎、絶体絶命!!　江戸中を恐怖に陥《おとしい》れた殺し屋で、かつて剣一郎が取り逃がした男との因縁の対決を描く！

小杉健治

まやかし

風烈廻り与力・青柳剣一郎⑪

市中に跋扈《ばっこ》する非道な押込み。探索命令を受けた剣一郎が、盗賊団に利用された侍と結んだ約束とは？

小杉健治

子隠し舟

風烈廻り与力・青柳剣一郎⑫

江戸で頻発する子どもの拐《かどわ》かし。犯人捕縛へ〝三河万歳《みかわまんざい》〟の太夫に目をつけた青柳剣一郎にも魔手が……。

祥伝社文庫の好評既刊

小杉健治
春嵐（下） 風烈廻り与力・青柳剣一郎⑲
事件は福井藩の陰謀を孕《はら》み、南町奉行所をも揺るがす一大事に！ 巨悪に立ち向かう剣一郎の裁きやいかに？

小杉健治
夏炎《かえん》 風烈廻り与力・青柳剣一郎⑳
残暑の中、市中で起こった大火。その影には弱き者たちを陥《おとし》れんとする悪人の思惑が……。剣一郎、執念の探索行！

小杉健治
秋雷《しゅうらい》 風烈廻り与力・青柳剣一郎㉑
秋雨の江戸で、屈強な男が針一本で次々と殺される……。見えざる下手人の正体とは？ 剣一郎の眼力が冴える！

小杉健治
冬波《とうは》 風烈廻り与力・青柳剣一郎㉒
下手人は何を守ろうとしたのか？ 事件の真実に近づく苦しみを知った息子に、父・剣一郎は何を告げるのか？

小杉健治
朱刃《しゅじん》 風烈廻り与力・青柳剣一郎㉓
殺しや火付けも厭わぬ凶行を繰り返す、朱雀太郎。その秘密に迫った青柳父子の前に、思いがけない強敵が――。

小杉健治
白牙《びゃくが》 風烈廻り与力・青柳剣一郎㉔
蠟燭《ろうそく》問屋殺しの疑いがかけられた男。だがそこには驚くべき奸計が……。青柳父子は守るべき者を守りきれるのか!?

祥伝社文庫の好評既刊

小杉健治
黒猿《くろましら》
風烈廻り与力・青柳剣一郎㉕

倅・剣之助が無罪と解き放った男に新たに付け火の容疑が。与力の誇りをかけて、父・剣一郎が真実に迫る！

小杉健治
青不動
風烈廻り与力・青柳剣一郎㉖

札差の妻の切なる想いに応え、探索に乗り出す剣一郎。しかし、それを阻むように息つく暇もなく刺客が現れる！

小杉健治
花さがし
風烈廻り与力・青柳剣一郎㉗

少女を庇《かば》い、記憶を失った男に迫る怪しき影。男が見つめていた藤の花に秘められた想いとは……剣一郎奔走す！

小杉健治
人待ち月
風烈廻り与力・青柳剣一郎㉘

二十六夜待ちに姿を消した姉を待ち続ける妹。家族の悲哀を背負い、行方を追う剣一郎が突き止めた真実とは⁉

小杉健治
まよい雪
風烈廻り与力・青柳剣一郎㉙

かけがえのない人への想いを胸に、佐渡から帰ってきた鉄次《てつじ》と弥八《やはち》。大切な人を救うため、悪に染まろうとするが……。

小杉健治
真《まこと》の雨（上）
風烈廻り与力・青柳剣一郎㉚

野望に燃える藩主と、度重なる借金に疲弊する藩士。どちらを守るべきか苦悩した家老の決意は――。

祥伝社文庫の好評既刊

小杉健治
真《まこと》の雨（下）
風烈廻り与力・青柳剣一郎㉛

完璧に思えた〝殺し〟の手口。その綻《ほころ》びを見つけた剣一郎は、利権に群れる巨悪の姿をあぶり出す！

小杉健治
善の焔《ほのお》
風烈廻り与力・青柳剣一郎㉜

付け火の狙いは何か！　牢屋敷近くで起きた連続放火。くすぶる謎を、風烈廻り与力の剣一郎が解き明かす！

小杉健治
美の翳《かげり》
風烈廻り与力・青柳剣一郎㉝

銭に群がるのは悪党のみにあらず……。奇怪な殺しに隠された真相は？　人間の気高さを描く「真善美」三部作完結。

小杉健治
砂の守り
風烈廻り与力・青柳剣一郎㉞

矢先稲荷《やさきいなり》脇で発見された死体。検死した剣一郎は剣客《けんかく》による犯行と判断。三月《みつき》前の刃傷事件と絡め、探索を始めるが……。

小杉健治
白頭巾
月華の剣

新心流居合の達人・磯村伝八郎と、義賊「白頭巾」の顔を持つ素浪人・隼新三郎の宿命の対決！

小杉健治
翁面《おきなめん》の刺客《しかく》

江戸中を追われる新三郎に、翁の能面を被る謎の刺客が迫る！　市井の人々の情愛を活写した傑作時代小説。